―― 長編官能小説 ――

まさぐりマッサージ

〈新装版〉

美野 晶

竹書房ラブロマン文庫

目次

第一章　癒しお姉さんの歓待

「変わってないのはいいけど、なにかくたびれてないか？」

実家から徒歩で十五分ほどの最寄り駅で、ロータリーに降り立った恭平《きょうへい》の第一声はそれだった。

「七年ぶりだから、そりゃそうか……」

今年で二十七歳になる白崎《しろさき》恭平が生まれた頃に、ニュータウンとして開発が始まったこの街は、駅から放射状に道路が走り、一戸建ての住宅が道沿いに軒《のき》を連《つら》ねている。

開発はすでに終わっているので、新しい家が建つこともなく、駅前の商店街やショッピングセンターも変わりばえがない。

だから恭平にとって七年ぶりの故郷は、かつて街を出たときのまま、七年分くたびれただけに見えた。

（まあ、まったく違う街になってるよりマシか）

恭平は懐かしい風景を見ながら、大きなスーツケースを引いて歩き始める。

バスやタクシーに乗ることも考えたが、久しぶりに歩いてみたかった。

「まだけっこう、活気はあるな」

平日の午後の商店街はほとんど店が営業している。

日本中で営業している店舗が少ないシャッター通り商店街というのが問題視されているらしいが、我が街の商店街は行き交《か》う人も多い。

「ほんとに古さが増しただけだな」

恭平が浦島太郎的な気分になっているのは、七年間海外にいて一度も日本に戻ってきていなかったからだ。

中学時代にあることがきっかけでスポーツ専門のトレーナーを目指した恭平は、高校卒業後にマッサージや鍼灸《しんきゅう》を教える専門学校に進んだ。

資格を取ったあとは、日本で就職を探さずヨーロッパに行き、アルバイトで生計を立てながら現地の専門学校でスポーツマッサージを学び、アマチュアチームなどでトレーナーとしての経験を積んだ。

恭平には手技のセンスがあったらしく、プロの自転車チームのマッサーとして迎えられ、数年間働いたあと、アメリカに渡った。

アメリカでもヨーロッパ時代の先輩マッサーの紹介で、野球チームのマッサーとして働き、最後はアメリカの水泳のナショナルチーム、いわば国の代表の集まるチームで技をふるっていた。

「日本にそんないい条件を出してくれるチームがあったのか？　いったいいくらの契約料だ」

日本に戻りたいと伝えたときに、水泳チームのマネジャーに真顔でそう言われた。

もちろん恭平の技術を認めてくれているからこそのセリフだが、高額の給料がもらえる再就職先があったわけではない。

ただ海外で磨いた腕をそろそろ日本で生かしてみたいと思ってのことだった。

「まあホームシックもあったかもな」

懐かしい街並みを、スーツケースを引いて歩きながら、恭平は少ししみじみとしていた。

「久しぶりの我が家もやっぱり少しぼろくなったたな」

しばらく歩いて、懐かしの実家の門の前に立った恭平は、半笑いで呟いた。

門があるといっても建て売りの家なので、鉄製の門のすぐ向こうが玄関だ。

「あれ……」

門を開けて中に入ろうとした恭平は、隣の家から誰かが出てきたことに気がついた。同じ構造の建売住宅が並んだ地域なので、よく似たデザインの小さい門扉を開けて若い女性が二人出てきた。

「こんにちは」

すぐに挨拶してくれた二人は年の頃二十歳くらいといった感じだろうか、切れ長の瞳のすらりとした美女と少し背が低めでくりくりと大きな目をした可愛らしい女性だ。

二人とも揃いのブルーのジャージ姿だ。

「あ、どうもこんにちは」

恭平は頭を下げながら、不思議に思った。

隣の三津村《みつむら》家は夫婦と姉妹の四人暮らしで、恭平にとって幼なじみとなる姉妹は年上だ。

だから女子大生風の二人が出てきたことに、首をかしげたのだ。

「失礼します……」

二人の女性はどこかに用事があるのだろうか、すぐに歩いていく。

ただ何度か恭平のほうをチラチラと見て、ヒソヒソと囁きあいながら離れていった。

「なんだよ……って、そうだよ。俺が不審者なんだ」

もし三津村家が引っ越していて新しい住人が住んでいるのだとしたら、七年間一度も顔を見せず、大きなスーツケースまで転がしている恭平が不審者に見えるのも当たり前だ。

「三津村さんちって引っ越したのか……」

少し寂しい気持ちになりながら、恭平は玄関に向かった。

「もう着いたなら、電話くらいしてきなさいよ、まったく」

家に帰ると母親がバタバタと出てきた。

今日帰るとは言ってあったが、何時とは連絡してなかった。

「携帯も解約したんだから、無理だろ」

アメリカを出るときに携帯電話は解約していたし、わざわざ公衆電話から連絡するのもめんどくさかった。

「ほら麦茶」

久々でもほとんど変わっていない居間のソファーに、身体を投げ出すように座る恭平の前にグラスが置かれた。

口をつけると外国では絶対に味わえない香ばしい味が広がった。

「父さんは？　もう定年になったんだろ」

日本に戻った理由の一つに、仕事をリタイアした父の様子を見るというのもあった。

恭平は一人っ子の長男なので、高齢となった親のことは心配だ。

「テニスに行ってるわよ。なんかシニアの大会があるからって」

居間と続いている台所から母親の声だけがした。

「テニス？　息子が久しぶりに帰ってくるのにかよ」

テニスの経験者なのは知っているが、恭平が日本にいた頃はゴルフばかりしていたはずだ。

「定年してから妙に熱が入っちゃってさ、ほとんど毎日だよ。まあ私も陶芸の教室に通っててほとんど家にいないから同じだけどね」

「夫婦揃って元気でよろしいですね」

恭平の好物でも作ってくれているのか、こちらに顔は見せない母に軽く嫌みを言った。

そういえば二人は昔から、超マイペース夫婦だ。

「お父さん、手首が痛いから恭平に見てもらおうって言ってたわよ」

「知るか。医者でも通えってえの」

数年ぶりに帰国したというのに歓迎ムードもへったくれもない両親に、恭平はソファーにひっくり返ってふて寝した。

「そういえば、お隣、引っ越したんだね」

寝転がったまま恭平は、姿の見えない母に言った。

「えっ、引っ越してないよ」

ここでようやく母は台所から姿を見せた。

「だって若い女の子が家から出てきたのを見たぜ。あそこの美冴《みさ》ちゃんも晴那《はるな》ちゃんも俺より年上だろ」

変わらず横になったまま恭平は顔だけを母に向ける。

お隣の娘は姉の晴那、妹の美冴の二人姉妹で子供の頃から近所でも有名な美人姉妹だった。

特に美冴は世界を目指せると太鼓判を押されていたほどの水泳選手だったが、大学生のときに肩の故障が原因で引退を余儀なくされた。

（そうだよな……最初は美冴ちゃんの力になりたくてトレーナーを志したんだよな）

過去の自分を振り返り、恭平は赤面しそうになった。

ずっと肩の故障に苦しんでいた美冴を助けようと、中学時代の恭平はスポーツトレーナーになると決めたのだ。

姉御肌《あねごはだ》でよく面倒をみてくれた美冴に恭平はずっと恋心を抱いていたからだ。

(それも結局は叶《かな》わぬ夢だったけどな)

オリンピック出場を目指していた美冴だが、肩がもうどうにもならず恭平が高校生のときに引退してしまった。

その後はどこかのスイミングスクールでコーチをしていたはずだ。

「ああ、それなら美冴ちゃんが一昨年《おととし》から大学の……知ってるでしょ、二駅向こうのN女子大。美冴ちゃんの母校の。今、あの子が監督だかコーチだかをしててね、寮代わりに生徒さんを二人預かってるんだよ」

母は居間と台所の間に立ったまま話し続けている。

鍋かなにか火にかけたままなのだろう。

「へー、ウチと同じ家なのによく六人で生活できるね」

同じ建て売りの家は居間の他には、あまり広くない和室が三つあるだけの構造だ。

四人家族にプラス二人も暮らすには、ずいぶんと狭苦しいはずだ。

「あっ、言ってなかったっけ。お隣のお父さんとお母さん、事故で亡くなったの」

「なんだって、それを早く教えてくれよ！」

驚愕の事実に恭平はソファーから飛び起きた。

「恭平くん、ずいぶんと逞《たくま》しくなっちゃって」

慌《あわ》てて隣家に向かった恭平を迎えてくれたのは、長女の晴那だった。

美冴は指導のために大学にいて留守らしい。

「すいません、知らなかったとはいえ、お葬式にも顔を出さずに」

仏壇に手を合わせたあと、恭平は畳に頭を擦《こす》りつけるようにして詫びた。

男の子がいないからと、恭平を実子のように可愛がってくれた夫妻に謝る言葉もなかった。

「いいのよ、せっかく外国で頑張ってる恭平くんを呼び戻さないでって頼んだのは私と美冴なんだから」

「しかし、あとからでも教えてくれたらいいのに、ほんとにいつも二人揃ってボーッとした夫婦で」

メールでもなんでも連絡をもらえれば、遅れてでも帰ってきたのだと恭平は思った。

「そんな風に言わないで。おじさんもおばさんも、急なことで動揺してた私たちの力になってくれたのよ」

三津村夫妻は車の運転中に、事故に巻き込まれて亡くなったそうだ。

「でもすごいじゃない。プロのチームでトレーナーしているんでしょ」

ニコニコと笑いながら晴那は大きな目を細めている。

色白で少しふっくらとした丸顔の晴那は、勝ち気な妹の美冴とは正反対の、おっとりとした癒《いや》し系の美女だ。

(前よりも色っぽくなってるな、晴那ちゃん……)

恭平よりも四歳上だから三十一歳になるはずの晴那は、全体的にムチムチとしていてなんとも色っぽい。

サマーセーターにスカートという地味な出《い》で立ちでもはっきりとわかる巨乳や大きなヒップが色香をまき散らしているように感じられた。

「トレーナーというよりはマッサージが専門のマッサーという仕事ですね。まあなんとか食べていける程度です」

謙遜《けんそん》して恭平は頭を掻《か》いた。

連絡がつかない状態が多かった恭平だが、やっと母がパソコンの使いかたを覚えてくれたおかげで、たまに近況報告くらいはしていた。

お隣の晴那にもそれが伝わっていたようだ。

「美冴ちゃんはN女子大で監督してるんでしょ、そっちのほうが立派ですよ」

帰宅したときに二人の女の子と会ってから、母に三津村家の事情を聞いたまでのいきさつを恭平は話した。

「肩書きはヘッドコーチだけど実質は監督みたいなものかな。でも前のヘッドコーチが大学の理事長と揉《も》めて辞めちゃった後釜だから色々と大変みたい」

N女子大の水泳部は名門と言われるところで、美冴は家が近いから通っていたのではなく有望選手としてスカウトされて入学したのだ。

確かヘッドコーチは水泳界でも名の通った指導者だったはずだ。

「美冴が選手だった頃の理事長さんが亡くなって娘さんが継《つ》いだんだけど、水泳部や他の運動部を廃部にしようと動いてるみたいなのよ」

晴那はため息交じりに話してくれた。

多分、義理堅い美冴は他のところからの誘いも断って残っているのだろう。

実績から考えればスクールなどの誘いも多いはずだが、彼女は生徒よりも自分の生活を優先するような人間ではない。

「晴那ちゃんは今、どうしてるんですか？」

重たくなった雰囲気を嫌って恭平は話題を変えた。

たはずだ。

彼女は恭平が日本を発《た》つ前は、デザイン事務所でグラフィックデザイナーをしてい
「私、結婚したけど離婚して帰ってきちゃった。今は前にいた事務所から請負《うけおい》で自宅仕事をしているの。美冴や選手たちのご飯の面倒とかもあるしね」

晴那は舌をぺろりと出して笑った。

そのピンクの舌を見たとき、恭平に十代の頃の記憶が蘇《よみがえ》る。

(俺……あの舌でたくさん舐《な》めてもらったんだよな)

かつて、妹の美冴のことが好きなのになにも伝えられず、日々悶々としていた恭平を見かねたのか、晴那は自らの身体で女を教えてくれた。

当時でもFカップあった張りのある乳房、キュッと上がったヒップ。

二十代の大人の女性の肉体に溺れるように恭平は童貞を卒業したのだ。

「ん？　どうしたの」

昔のことを思い出して赤面する恭平を見て晴那は首をかしげている。

正座をして畳の上に座る彼女のスカートの裾からちらりと覗《のぞ》く白い太腿《ふともも》を見ているだけで、恭平は肉棒が勃起しそうになっていた。

「なんでもないです、すいません」

あまり直視していたらほんとうにジーンズに肉棒の形が浮き上がりそうだ。

実は恭平の逸物《いちもつ》はかなり大きめで、巨根が多い向こうの人間にも感心されるほどの太さや長さを誇っていた。

セックスのときに女性を悦《よろこ》ばすことができる反面、下手《へた》に勃起したりしたらとても隠しきれなかった。

（そういえば……晴那ちゃんもすごく大きいって言ってたな）

最後は恭平の上に跨がって、激しく喘《あえ》ぎながら精を搾《しぼ》り取ってくれた晴那の姿が脳裏に浮かんだ。

彼女の白い身体が激しく上下し、たわわな乳房が桃色の乳頭とともに波打っていた。

「あっ、そうだ恭平くん、今日のおやつ用に焼いたケーキがあるんだ。甘いもの好きだったでしょ」

なにかに気がついたように、晴那が突然立ち上がった。

「あっ、僕も手伝います」

恭平もつられるように立ち上がる。

「いいよ、恭平くんは座ってて」

「そんな、してもらいっぱなしじゃ悪いですよ」

両手を出して恭平を止めようとした晴那の前に、同じように手を出してしまい、指同士が触れあってしまった。

「あっ、すいません……」

恭平は慌てて手を引っ込めて頭を下げた。

「そんなことでいちいち謝らないで。それより恭平くん、昔みたいに普通に話してよ、敬語なんてよそよそしいわ」

大きな瞳を細めて晴那は優しく笑った。

「手も前より大きくなったんじゃない？」

晴那は慌てて離した恭平の手を、自分からぎゅっと握ってきた。

「晴那ちゃんは前と変わらないね、柔らかい手だ」

久しぶりの彼女の温《ぬく》もりに照れながら、恭平も握りかえした。

「あら、私はおばさんになったわよ。もう三十も過ぎちゃったし」

彼女も頬《ほお》を少しピンクに染めて、恭平を見上げてきた。

二重《ふたえ》のぱっちりとした瞳が少し濡れていてなんとも色っぽく、ぽってりとした厚めの唇がやけに艶《つや》やかに感じられた。

「そんなことないよ、前と同じ、綺麗《きれい》なままだよ、晴那ちゃんは」

こうして近くで見つめあっていても、晴那に老けた感じなどまったくない。

それどころか全体的に柔らかさを増し、全身からムンムンと匂い立つような女の色香が溢《あふ》れ出していた。

「ありがとう、前ってあのときのことかな」

晴那はニコニコと笑いながら恭平にそっと身体を寄せてきた。

晴那は昔から恭平に無頓着に抱きついてきたりすることがある。

実は初体験のときも、過剰な晴那のスキンシップからの流れでしてしまった。

（あたってるよ……）

セーターとブラジャー越しでも巨大さが感じられる乳房が、恭平の身体に押し付けられ、ぐにゃりと形を変えた。

「そ、それ以上かな……前よりも綺麗になったと思うよ、晴那ちゃんは」

恥ずかしさに頬をかきながら、恭平は言った。

「ふふ、お世辞でも嬉しいわ。じゃあ、ちゃんとお礼しなきゃね」

晴那は妖しい目をして言うと、恭平の足元に膝をついた。

そして、ジーンズのベルトを素早く外して、トランクスも脱がせていく。

「な、なにしてんの、晴那ちゃん」

「だからお礼よ」

大胆な彼女の行動に驚く恭平には構わず、必死で勃起を堪《こら》えていたおかげか、半勃《はんだ》ち状態といったところの肉棒を手で握りしめてきた。

「まだ柔らかいのにこの大きさ、相変わらずの巨根くんね」

いつもの癒し系のものとは違う、実に淫靡《いんび》な笑みを浮かべた晴那は厚めの唇を大きく開いて亀頭を包み込んできた。

「うっ、晴那ちゃん……いきなり……」

晴那は唇を亀頭に吸いつけるようにしながら、ゆっくりと顔を前後させる。

柔らかい唇が亀頭に心地良い摩擦を与え、甘い快感が湧《わ》き上がる。

「ううっ、こんなの」

さすが元人妻と言おうか、少ししゃぶっただけなのに腰が震えて、恭平はたまらず声を漏《も》らしてしまう。

肉棒はすぐに反応し、固く反《そ》り返っていった。

「すごいわ、ここも前より逞しくなったんじゃない？」

晴那は一度、亀頭部から唇を離して微笑《ほほえ》む。

ただその間も、ずっと手は竿のあたりをしごいていた。

「大きくて固くて素敵よ……」

今度は大きく唇を開いた晴那は、大胆に肉棒を口腔の中に飲み込んでいく。

そして、舌を敏感な亀頭の裏筋にあてがい、さっきよりも大きく頭を振り始めた。

「あうっ、すごいよ晴那ちゃん、ううう」

男の快楽を知り尽くしたような晴那の攻撃に、恭平はなすすべもなくただ喘ぎ続ける。

舌のざらついた部分が裏筋を擦り上げると、甘い電流が腰骨まで震わせ、立っているのも辛《つら》かった。

「あふっ、んふっ、んんん」

さらに亀頭を喉奥《のどおく》のほうに誘い、晴那は長い黒髪を大胆に振り乱してしゃぶり上げを開始する。

喉の近くにある粘膜に包まれた出っ張りが、ゴツゴツと亀頭のエラにあたり、裏筋とは違う種類の快感に恭平は悶絶する。

「んん……んっ、んっ」

大きく開いた唇の間から少しヨダレを滴《したた》らせ、晴那は激しく肉棒を責め立ててくる。

薄手のサマーセーターの下でたわわな乳房が揺れ、服を着ているというのにとんでもないいやらしさだ。

「晴那ちゃん、俺もう、出ちゃうから」

もう膝まで痺れてきた恭平は、晴那の頭を持ってフェラチオをやめさせ、名残《なごり》惜しいながらも亀頭を引き抜く。

「あん……そのまま出してくれてもよかったのに」

ぽってりとした唇と亀頭の間で、唾液《だえき》が糸を引いて垂《た》れていく。

名残惜しそうに目を潤ませる晴那はたまらなくセクシーで、恭平はこの人をとことん喘がせてみたいという衝動に駆られた。

「前にしたときは、ここを楽しむ余裕もなかったからね」

恭平も畳の上に膝をつくと、力強く晴那のサマーセーターを捲《めく》る。

中から薄いピンクのブラに包まれた、巨大な乳房が現れた。

大きめのカップに持ち上げられた二つの肉塊は、彼女の頭よりも大きいのではないかと思うほどで、その迫力に恭平は圧倒された。

「私はいいよう、恭平くんだけ気持ちよくなってくれたら……」

口ではそう言っているが、晴那は特に抵抗はしていない。

恭平は素早く彼女の後ろに回ると、ブラのホックを外し肩紐をずらした。

「やん」

小さな悲鳴と共にカップが下に落ち、柔らかそうな二つの塊が弾《はじ》け出てきた。

肩越しに後ろから見たら、彼女の下半身が見えないほどの巨大さで、柔らかそうなのにしっかりと前を向いていて垂れた感じがしなかった。

「あん……もうおばさんだから、そんなに見ちゃいや」

色っぽい丸さを持った乳房に見とれる恭平に対し、晴那は横座りになったスカートの下半身をよじらせて恥じらっている。

「どこがだよ、晴那ちゃん。すごく大きくてエッチな感じのおっぱいだよ」

恭平は彼女の腋《わき》の下から両腕を入れると、背後からゆっくりと乳房を揉み始める。

力はほとんど入れず、固いものをほぐすように柔乳を揉んでいく。

「形は綺麗なのに、すごく柔らかいんだね」

染みなど一つも無い、白い肌の柔肉が手のひらからこぼれて、つきたての餅のように形を変化させている。

肌質もまるで指に吸いつくようなきめ細かさで、なんとも触り心地がよかった。

「あん……恭平くん、なんか手が……やらしい、あああん」

まだゆっくりと揉んでいるだけなのに、晴那はスカートだけの肉感的な身体をくねらせ、甘い声を上げ始めた。

半開きになったセクシーな唇から、絶え間なく甘い息が漏れている。

「俺だって、あれから色々と経験を積んできたからね」

薄く上気してきた晴那の耳元で囁きながら、恭平は色素の薄い乳頭部に狙いを定めた。

ゆっくり揉んで彼女の意識を乳房に持っていかせながら、意識していない部分である乳頭を指先で掻いた。

「はあああん、だめっ、そこは、あああん、ああっ」

両の乳首に指が触れたのは一瞬なのに、晴那は背中をのけぞらせて甲高《かんだか》い声を上げた。

「ここはすごく感じやすいんだね、晴那ちゃん」

完全に主導権を握った恭平は、不規則なリズムで乳首を掻いたり、摘《つ》まんだりを繰り返す。

「ひあっ、あああん、やだっ、声が止まらない、ああん、ああっ」

恭平の指の動きを晴那は予想できないのだろう、恥じらいながらも、どうしようもないといった感じで喘ぎ続けている。

「俺も成長しただろ、晴那ちゃん」

また乳房を揉んでみたりしながら、晴那が息を吐いた瞬間を狙って乳首をひねり上げた。

「ひいん、ああん、すごくエッチになってる、あああん、変な成長してるよう」

彼女の言葉に恭平は苦笑いする。

確かに自分は変な方向にも技術を磨いていたからだ。

（最初はこんなことしていいのかとも思ったんだけどな）

ヨーロッパに渡ってトレーナーの学校に通い始めた頃、特に仕送りを受けていない恭平はかなり困窮していた。

アルバイトをするにも勉強で時間が制限される上に、読み書きまでは完璧にできるわけではないので、職探しもままならなかった。

日本で貯《た》めた金でやりくりするのも心配になってきた頃、恭平のマッサージの才能を見抜いた同級生が、ある仕事をしないかと誘ってきた。

（まさか性感マッサージとは思わなかったけどな……）

その同級生は恭平よりも十歳も年上で、一般的なマッサージを生業《なりわい》にしていたが、スポーツ選手のマッサーとしての技術も身につけるべく学校に通っていた。

しかし彼にはもう一つの顔があり、パートナーや夫のいない女性の性欲解消のために快楽を刺激する、性感マッサージのプロフェッショナルでもあったのだ。

スポーツトレーナーの勉強をしにきたのに、女性を感じさせるアルバイトをすることに抵抗があった恭平だが、背に腹はかえられず、指導を受けることにした。

（結局、自分もハマっちゃったんだよなあ……）

最初は戸惑いもあったが、海外の女性は日本人と考えかたが違うのか、性の快感に対して大らかで、ストレスの解消に性感マッサージを受ける女性も多かった。

恭平はそちらの才能もあったのか、メキメキ腕を上げ、リピーターの女性も多かった。

なにより、女性が感じる姿を見ることに恭平自身も喜びを見いだしていた。

「あっ、はああん、おっぱいばかり虐《いじ》めないで、恭平くうん、ああん、ああ」

過去を振り返っていた恭平に、乳首や乳房をずっと責められていた晴那が切ない瞳で振り返った。

「ごめんね、じゃあ下も」

謝りながら恭平は彼女のスカートのホックを外す。

白く艶やかな背中を支えながら彼女を畳の上に横たわらせ、スカートを足先から抜き取ると、むっとするような女の香りが立ち上がった。

「晴那ちゃんの脚ってすごく真っ白なんだね」

ブラジャーと揃いのピンクのパンティだけになった晴那の下半身を見て、恭平は感嘆の声を上げた。

染み一つない美しい肌だけでなく、全体的にムチムチと脂肪が乗りなんとも艶《なま》めかしい。

特に肉付きがいい腰回りから太腿のラインは男を誘惑しているように思えた。

「やだっ、あんまり見ないでって言ってるのに。昔よりも太ったから恥ずかしいよ」

その色っぽい太腿を切なげに擦り合わせて、晴那はしきりに恥じらっている。

昔というのは、恭平の童貞をもらってくれたときのことだろう。

「何度も言ってるけど、晴那ちゃんの身体は前よりも魅力的だよ。おっぱいも大きくなったんじゃないの？　Fカップって言ってたけど」

恭平はゆっくりと手のひらで晴那の太腿をマッサージしながら話しかける。

まずは彼女の下半身から力を抜くための手技だ。

「あ、ああっ、うん、Hカップになったの、でも垂れちゃわないか心配」

仰向《あおむ》けの上体の上で、彼女の身体がよじれるたびにフルフルと波打つ柔乳は、恭平が相手をした外国人の女性たちの中でもトップクラスだ。

「大丈夫だよ、大きいのに形もいいから」

恭平は両手を使って晴那の太腿を揉みほぐし、その手を股間に近い内腿に持っていく。

「あっ、はああん、そこは」

パンティに隠された股間の部分に触れそうな距離で、内腿を手のひらで擦ると、晴那の声がいっそう色っぽくなった。

白い肌ももう薄桃色に染まり、半開きになったままの厚めの唇からは常に湿っぽい息が漏れている。

「あっ、ああっ、いやん、はああん」

もう晴那は会話をすることをやめ、恭平の手に身を任せている。

畳の上に横たわる身体から力が抜け、手脚もだらりと伸びていた。

「ああっ、もう、やだっ、あああん、恭平くん、あああん」

ずっと太腿ばかりをマッサージしていると、息を荒くした晴那が潤んだ目を向けてきた。

もう次の段階に進んで欲しくてたまらない様子だ。

「ここだね、晴那ちゃん」

左手は彼女の内腿を撫でたまま、恭平は右手の指でパンティの股布にうっすらと浮かんだスリットを軽く撫でた。

「はああん、そこよっ、ああん」

わずかに指が触れただけで、晴那は自ら腰を浮かせて激しい嬌声を上げた。

「ここもおっぱいに負けないくらい、エッチな感じがするよ」

ちょうど膣口のあたりで円を描くように指を動かし、恭平は布越しの刺激を続ける。

「ああん、だめえ、はああん、ああっ」

晴那のムチムチの両脚が大きく開き、身体が動くたびに揺れる巨乳の先端も勃起していた。

「ああっ、恭平くん、ああん、お願いっ、直接……」

耐えかねたように晴那は腰を突き出して訴えてきた。

内腿がヒクヒクと引き攣《つ》り、快感を待ち望んでいるように見える。

「うん」

ピンクのパンティに手を掛けると恭平はゆっくりと脱がせていく。

ずっと秘裂を刺激しなかったのは、別に彼女を虐《いじ》めたかったわけではなく、晴那の身体がほんとうに快感を待ち望む状態にするためだ。

身体と心の受け入れ態勢が整ったときが一番感度が上がると、性感マッサージを伝授してくれた同級生から教えられた。

「すごく濡れてるよ、晴那ちゃん」

もちろん会話を続けるのも大事なテクニックの一つだ。

パンティの中から現れた濃い陰毛の下で、ピンク色の媚肉がぱっくりと口を開き、中からは粘り気を感じさせる愛液が流れ出していた。

「ああん、いやあああん、意地悪」

晴那は恥ずかしそうに両手で顔を覆《おお》い隠すが、両脚を閉じようとはしない。

それだけ快感を求めているのだろうし、なにより彼女は少しマゾの気があるようだ。

「だってほんとのことだもん」

マゾの気質がある女性には言葉もいい刺激になる。

性感マッサージを多くの女性に施し、恭平自身も女体を悦ばせる経験を積み重ねてきた。

「ほらここもヒクヒクしているし」

責められることにより強い快感を得る女性であることに確信を持った恭平は、わざとねちっこく囁きながら、秘裂の上部で小さく顔を出している突起を指で弾いた。

「ひあっ、ああん、だめっ、はうっ」

女の一番敏感な部分であるクリトリスを刺激すると、晴那は激しい反応を見せる。

「恥ずかしいとか言ってるのに、すごい反応だね、晴那ちゃん」

恭平は指を小刻みに動かして、肉芽を責め続けた。

「あっ、あああん、あああん、だって、ああっ」

甲高い声を上げ、晴那は何度も腰を上下に震わせる。

肉感的なボディが引き攣り、胸板の上で小山のように盛り上がる巨乳がブルブルと大きく舞い躍った。

「ここも、もう欲しいよね」

彼女の性感が昂《たか》ぶりきっているのを見逃さず、恭平はさらなる刺激を与えるべく、指を二本、濡れた膣口に押し込んだ。

肉体が燃え上がっているときは、休ませないほうがいいのだ。

「あっ、あああん、中も、あああん、ああっ」

大量の愛液にまみれた膣肉は男の太い指二本をあっさりと飲み込んでいく。

中の媚肉も熟し切っていて、濡れた柔らかい膣肉がねっとりと恭平の指に絡みついてきた。

「もうドロドロだよ、晴那ちゃんの中」

恭平は巧みに指を前後させ、晴那の膣の天井部分をまさぐりだす。

あるポイントを探すためだが、それには彼女の反応を見ながら探すのが一番だ。

「ああっ、恭平くん……はああん、そこっ、あああん、だめええ」

恭平の指先が膣のある部分に触れたとき、晴那の身体が跳ね上がった。

上半身が大きく弓なりになり、たわわな乳房が千切れるかと思うほど弾ける。

「ここだね、晴那ちゃんのGスポットは」

晴那の快感のポイントを見つけた恭平は二本の指の腹で、集中的にそこを刺激した。

「あうっ、ああん、あっ、ああっ、私、ああん、ああっ」

Gスポットへの激しい刺激に、晴那はもう喘ぎっ放しになっている。

肉付きのいい身体がピンクに染まり、クネクネとよじれている姿は、たまらなく淫靡だった。

(外人の女の人にはない、いやらしさがあるよな)

客として来た女性だけでなく、恋人として付き合った女にもこうして指技を使うことがあったが、晴那の悶えっぷりは別物に見える。

日頃、癒し系で清楚《せいそ》な感じがするせいか、なにか秘めたるものを暴《あば》き出しているような、異質の興奮があった。

「もっと感じていいんだよ晴那ちゃんっ、Ｇスポットで」

自身も気持ちを昂ぶらせながら、恭平はさらに指を大きく動かす。

「あああん、恥ずかしい、ああん、でも、止まらない、ああん、ああっ」

晴那は爪を噛《か》みながら切羽詰まった声を上げる。

彼女のくせなのかもしれないが、子供のような仕草まで出てしまうほど感じているのだ。

「ああん、私、もうだめになるわ、ああんっ、恭平くうん」

そしてついに限界がきたのか、晴那は畳の上の身体を大きく震わせた。

「いいよ、イクんだ晴那ちゃん！」

もちろん恭平は彼女に応えるように、指の動きをペースアップしていく。

絡みつく膣肉の中で愛液が掻き回され、部屋の中にヌチャヌチャと粘っこい音が響いた。

「はああん、もうだめっ、イッちゃう」

そして晴那は、大きく背中をのけぞらせて限界を叫んだ。

「ああっ、イクううううう」

もうほとんど絶叫に近いよがり声を上げ、晴那は白い身体を痙攣させる。

その震えが二つの乳房にも伝わり、ブルブルと大きく波を打った。

「ああん、ああっ、いやっ、なにか来る、ああん、だめっ」

エクスタシーに上りつめると同時に、晴那は大きな瞳をさらに見開いて叫んだ。

「ああっ、いやっ、あああっ、あああ」

狼狽《うろた》えてもエクスタシーに痙攣する身体は自由にならないのだろう、内腿と媚肉がぎゅっと収縮を起こす。

そして、膣口の上にある尿道口からぴゅっと水流が吹き上がった。

「ああん、だめっ、指止めて、あああん、ああっ」

戸惑う晴那の白い両脚の間から断続的に水流が上がり、畳を濡らしていく。

吹き上げはすぐには収まらず、畳には大きな染みができている。

「もっと吹いていいんだよ、たくさん出すんだ」

「ああん、いやああ、私、だめになってる、あああん」

結婚経験はあっても潮吹《しおふ》きをしたことはないのだろう、晴那はもう涙を浮かべて狼《ろう》狽《ばい》している。

しかし、身体の反応は別物で、大量の潮が何度も宙を舞い、音を立てて畳に落ちていった。

「ああっ、いや……ああ……」

いつもまでも続くかと思われた潮吹きもようやく収まり、晴那はぐったりと畳の上に身体を投げ出した。

まだ白い内腿が小刻みに震えていて、エクスタシーの激しさを物語っていた。

「たくさん出たね……」

過去に自分をリードして童貞をもらってくれた晴那を、激しく喘がせ、女の極みに上らせたことに満足し、恭平はほっと息を吐いた。

あの日の恩返しをしたような、そんな気分だった。

「もう……潮吹きなんかしたことなかったのに……」

恥ずかしそうに右手の甲で自分の目を隠したまま、晴那は言った。

「畳に染みができてるよう、なんて言い訳しよう」

頬どころか全身まで真っ赤に染めて、晴那は恥ずかしげに身悶える。

こんな少女のような彼女も、初めて見るように思えた。

「ごめんね、ちゃんと拭《ふ》いとくから」

さすがに申し訳なくなって、恭平はティッシュペーパーを探した。

「そんなんじゃないの、意地悪した責任を取ってって言ってるの」

横たえていた身体を突然起こすと、晴那はものすごい勢いで恭平にしがみついてきた。

「おわっ」

全体重を浴びせるように抱きつかれ、恭平は後ろにひっくり返りそうになる。

「最後までちゃんとしてよ」

不満げに唇を尖らせて晴那は、恭平の腰に回した手にさらに力を込めてきた。

子供の頃から、お姉さんぽい振舞いしか見せなかった晴那のこんな顔も新鮮だ。

「もちろんこれで帰るつもりじゃないよ」

笑顔で応えて恭平は、さっきフェラのときに脱がされていた下半身に続いて、上半身も脱いで裸になった。

肉棒のほうも乱れたり拗《す》ねたりする晴那の魅力にあてられて、いまだギンギンに勃起したままだ。

「あっ、今日は大丈夫な日だから中でイッていいよ」

壁に掛けられたカレンダーを見て晴那は笑顔で言った。

「うん、わかった……。たっぷり突かせてもらうよ」

恭平は晴那の身体を畳に横たわらせ、ムチムチの白い脚を開いて挿入体勢に入る。

「あん……もう、あんまり激しくしちゃだめよ、恥ずかしい顔見せちゃうから」

素直に横たわった晴那は、ちょっと視線を外しながら呟く。

柔らかな巨乳が少し脇のほうに流れている姿が、熟した女の淫靡さを感じさせた。

「その恥ずかしい顔が見たいんだよ、だからたくさん突くよ」

海外でいろんな経験をして身につけた技術は指だけではないところを、晴那に見せるべく、恭平はゆっくりと腰を突き出した。

「ひどい人ね、ほんとにいじわ……あっ、やっ」

なにかを言おうとした晴那だが、亀頭が膣口に侵入すると大きく口を開いて喘いだ。

「ひあっ、あああん、大きい」

野太い怒張がピンクの膣口を押し拡げながらどんどん進んでいく。

さすがと言おうか、晴那はまったく痛がる様子など見せず、清楚な顔を大きく歪《ゆが》めて喘ぎだした。

「あっ、ああん、奥に、くううん、ああっ、あああっ」

さらに亀頭が最奥にまで侵入すると、晴那は肉感的な身体を大きく弓なりにして、一際《ひときわ》声を大きくした。

艶やかな肌が波打ち、汗の浮かんだ乳房がこれでもかと弾《はず》む。

「すごくエッチな顔になってるよ、晴那ちゃん」

過剰なまでのよがり顔を見せる晴那に恭平も気分が乗ってきて、肉棒の前後運動のペースを上げていく。

「ひっ、ああん、激しいっ、あっ、はああん、そこばかり……あああん」

亀頭が膣奥のある場所に食い込むと、晴那の反応がさらに強くなる。

ねっとりと脂肪が乗った下腹部までもがビクビクと痙攣し、媚肉が強く怒張を締めあげてきた。

「ここだね、オマ×コの中で感じる場所は」

膣奥にある子宮口が彼女のポイントであると気がついた恭平は、そこを集中的に突き上げる。

海外で学んだ性感の技は手技だけではない。プライベートでも向こうの女性と付き合い、肉棒の使いかたもずいぶんと進歩した。

なにしろセックスをスポーツのように捉《とら》えている女性もいて、自ら感じる場所を告白してそこをもっと突いてくれとせがむのだ。

（自分から言わない女の人のポイントを探すのも、楽しいけどな）

晴那は決して自ら申告してくることはないだろうから、恭平自身が探すのも楽しいし、そこで感じさせて、この場所が感じると認めさせる嬉しさもある。

なにより恭平は、普段あまりセックスの匂いがしない女性が乱れる姿に興奮を感じるのだ。

「あっ、あああん、恭平くん、奥ばかり、あああっ、もう許して」

膣奥はあまりに感じすぎてしまうのか、晴那はもう息も絶《た》え絶《だ》えになっている。

ピストンのたびに激しく躍る乳房も汗にまみれ、白い肌が波打つたびに水滴が飛び散っていた。

「ごめんね、苦しかったかな」

そんな晴那に覆いかぶさる恭平は、腰の動きを緩めるのと同時に、最奥を突くのを五回に一度くらいにする。

その分、張り出した亀頭のエラを膣壁に擦りつけるようにしてピストンした。

「あっ、あああん、今度はそんな風に、はあああん」

晴那の喘ぎ声のトーンが少し低くなり、身体の震えも収まった。

ただ変わらず快感は強いようで、潤んだ瞳を恭平に向けながら、ピンクの唇から荒い息を漏らし続けている。

「これだと辛くないでしょ」

恭平はじっと晴那の表情を見ながら、腰を小刻みに使う。

五回に一度だった最奥への突き上げを、徐々に減らしていき、十度に一度にして、やがてやめた。

肉棒は膣の真ん中あたりにエラを擦りつけるだけになった。

「あっ、はあああん、いやっ、恭平くん、あっ、ああっ」

すると晴那は仰向けになった白く肉感的な身体をくねらせ、ついには自ら腰を浮かせてくる。

しかし、恭平はわざと腰を引いて最奥まで亀頭を届かせなかった。

「あっ、あああん、意地悪、ああっ、ひどい」

畳の上で肉の乗ったヒップをくねらせ、晴那は声を震わせて訴えてきた。

全身からはなんともいえない牝《めす》の香りが湧き立ち、快感への渇望の強さを窺わせた。

「どうひどいのか、ちゃんと言ってくれないとわからないよ」

「ああ、女にそんなこと言わせるの」

意地悪をする恭平に、晴那は拗ねたように横を向いてしまう。

大胆なように見えても、本来は奥ゆかしい女性なのだ。

「俺は馬鹿だからさ、言ってくれないとわからないよ」

恭平はわざと肉棒を、彼女の膣口のあたりまで引き上げていく。

「ああっ、いやっ、言うから、だめっ」

もう亀頭が抜け落ちそうなところまで来たとき、晴那は恭平の腕を掴んで叫んだ。

「奥を突いて……！　さっき辛いって言ったけど、感じすぎて辛いって意味なの」

もう焦燥感《しょうそうかん》が限界まできているのか、晴那は切羽詰《せっぱつ》まった表情で見つめてきた。

亀頭だけを咥《くわ》えている媚肉もぎゅっと締まり、恭平を離さないと主張している。

「オッケー、じゃあこっちへ」

恭平は晴那の腰のあたりに腕を回すと、彼女の身体を一気に担ぎ上げる。

そして自分はそのまま畳に尻餅をつくように座った。

「ひあっ、ああぁっ、だめええ、ああぁん、ああっ」

恭平の膝に晴那が乗る形になり、対面座位の体位に変わったことで、焦《じ》らされていた膣奥に亀頭が深々と食い込んだ。

「あっ、あああん、こんなの、ああん、だめええ」

待ちわびた膣奥の感じるポイントへの突き上げが、正常位のときよりもさらに深くなり、晴那はもうなにもかも忘れたように激しい声を上げる。

「どうっ、お待ちかねのオマ×コの奥は……」

強い快感に悶絶する彼女に休む暇を与えず、恭平は下から激しくピストンする。

焦らした分、感度が上がっている膣肉を一気に責めることで、晴那をさらなる快感に溶かすつもりだった。

「あっ、あああん、いい、すごくいい、オマ×コの中が、ああん、痺《ひわ》れてる」

もう快感に全てを奪われてしまっているのか、晴那は虚《うつ》ろな目で卑猥な言葉を口にしている。

突き上げのたびに、恭平の目の前で巨大なHカップがユサユサと揺れる姿は、なんとも艶めかしい。

「好きなだけ感じるんだ、それっ」

恭平は勢いをつけて、子宮口を強く突き上げた。

「ひあああ、もうだめっ、ああん、イク、イッちゃう、あああん」

すでに蕩《とろ》けきっていた晴那は、真っ白な背中をのけぞらせて、自ら限界を叫んだ。

「イッていいよ晴那ちゃん、イクんだ」

乳房以上に豊潤に熟している大きなヒップを両手で鷲掴みにした恭平は、下から力一杯腰を使って肉棒を突き上げる。

「あっ、あああん、もう、イク、あああっ、イク」

歯を食いしばった晴那は整った顔を歪めながら、恭平の首にしがみついてきた。

巨大な乳房が二人の身体の間でぐにゃりと形を変えた。

「イクうううううう」

艶やかな肌を波打たせながら、晴那はエクスタシーに震える。

恭平の両手が食い込んだヒップがビクビクと痙攣を起こし、それが全身に伝わっていく。

「ううっ、俺ももうっ、イク」

濡れた媚肉の締めつけもさらに強くなり、恭平もエクスタシーに達する。

怒張の根元が強く締めつけられるのと同時に、肉棒の先端から精液が飛び出していった。

「はあああん、来てる、あああん、私の中に恭平くんの熱いのが、ああん」

ほどよく肉の乗った腰をくねらせて、晴那は歓喜によがり続けている。

エクスタシーの発作は何度も襲いかかっているようで、そのたびに彼女は目を虚ろにして雄叫《おたけ》びを上げていた。

「まだ、まだ出るよ、くうう、搾り取られる」

媚肉のほうの反応も凄まじく、彼女が身を震わせるたびに膣肉がうごめきながら食い絞めてくる。

怒張を絞るような動きに、恭平の射精もなかなか止まらなかった。

「ああ、出して……私の子宮に、いっぱい頂戴《ちょうだい》」

大きな瞳をうっとりと潤ませて、晴那は向かいあう恭平に唇を重ねてきた。

「ううっ、んふ……んん……」

下も上も繋《つな》がった二人は和室に粘っこい音を響かせながら、いつまでも互いを貪りあった。

第二章　お礼はパイズリで

「母ちゃん、俺、今日の晩ご飯いらないから」

玄関で靴を履く前に、恭平は台所にいる母に声を掛けた。

「もっと早く言いなさいよ、いつもぎりぎりなんだから。どこへ行くの？」

もう夕食の準備をしていたのだろうか、母が不満げに台所から顔を出した。

「お隣の晴那ちゃんから、晩ご飯でもどうかってメールが来たんだよ。じゃあ行ってきまーす」

わざわざ玄関で母に出かけると告げたのは、もちろん小言《こごと》を食らわないためだ。

恭平は素早くドアを開けると、外に飛び出していった。

「うふふ、いらっしゃい」

三津村家のインターフォンを押すと、すぐに晴那が迎えてくれた。

今日は癒し系の笑顔を浮かべた、いつもの彼女に戻っている。

「お言葉に甘えて、ごちそうになりに来たよ」

靴を脱ぎながら、エプロン姿の晴那と目が合ってしまい恭平は照れてしまう。

昨日の淫靡な表情の彼女が脳裏に焼き付いているからだ。

「もうみんな揃ってるから、座ってて」

それは彼女も同じなのか、赤らんだ顔を隠すようにくるりと背を向けて廊下を駆けていく。

スカートに包まれたムチムチのヒップが視界に入り、吸いつくような肌や柔肉の感触が手に蘇ってきた。

(でも、みんなって誰だろう？　下宿してるって言ってた生徒さんかな)

勃起しないように他のことを考えながら、恭平は自宅と同じ構造の家の台所に向かう。リビングなどの気の利《き》いたスペースがない古い建売りだが、台所が広めに造られていて、どこの家もそこに食卓を置いていた。

「おっ、恭平じゃん、お帰り」

台所に入ると晴那の妹の美冴が食卓に座っていて、明るく迎えてくれた。

肩にかかるくらいのセミロングの髪をした美冴は、切れ長の瞳を持つ、姉とはタイプの違う美人だ。

あまり女らしい格好は好まず、今日も練習の帰りなのかジャージにすっぴんなのだが、相変わらず美しい。

しかも、恭平が海外に出る前よりも女っぷりが上がったように見えた。

「おじさんとおばさんのお葬式に、出られなくてごめんな」

恭平より二つ歳上の二十九歳になる美冴の顔を、照れてしまってあまりじっと見ることができず、恭平は食卓のイスに座ろうとする。

「いいのよ。あのときは、私と姉さんが連絡しないでって言ったんだから。それよりさ、マッサージのほうを専門にするようになったんだって？」

ぶっきらぼうなようだが、美冴も姉の晴那と同様に優しい性格で、幼い恭平とよく野球やサッカーをして遊んでくれた。

そのせいで姉弟のような関係から抜け出せず、恭平は結局思いを伝えられなかったのだ。

「ねえねえ、どんなチームにいたの？」

食卓に身を乗り出して、美冴は興味津々で聞いてきた。

「まあ追い追い説明するよ。それよりさ、その子たちを紹介してくれないの」

そう言って、上座に置かれたイスに座る恭平は、テーブルの左側を見た。

恭平の右側に座っている美冴の対面には、二人の若い女性がいる。揃いのジャージを着た彼女たちは、恭平が帰ってきた日に会った二人だ。

「あっ、ごめんね。二人とも私が教えてるN女子大の選手よ。手前の子が佐々木歩夢《ささきあゆむ》、平泳ぎの選手なの」

恭平のすぐ隣にいる、あまり背が高くない瞳が大きな子を指して、美冴は言った。

「二年の佐々木です。よろしくお願いします」

人なつっこい笑顔を浮かべ、歩夢はぺこりと頭を下げた。

丸顔でくりくりとした目をした可愛らしい顔立ちに、ショートボブの髪型がよく似合っていた。

「奥の子は仲藤明日香《なかふじあすか》、この子は自由形の選手ね」

「仲藤です、よろしくお願いします」

朗《ほが》らかな歩夢とは逆に、明日香はほとんど表情を変えずに頭を下げた。

切れ長の瞳に薄い唇、そして高く通った鼻筋と、どことなく冷たさを感じさせるが確かに美人だ。

（この子が、あの仲藤明日香か）

クールビューティという言葉がぴったりな明日香の名を、恭平は知っていた。

アメリカの水泳ナショナルチームにいた頃に、自由形のコーチから〝ナカフジ〟という選手を知っているかと、質問されたことがあるのだ。

聞けば、ライバルとしてマークしていると言う。

競泳大国アメリカのコーチがマークしているということは、オリンピックでメダルを狙えるクラスの選手だ。

「明日香のことを知ってるの？」

長い黒髪の彼女を見つめている恭平に、美冴が聞いてきた。

「あ、ああ、先週までアメリカのナショナルチームにいたからな。向こうにも名前が轟いてたよ」

「ええっ、恭平って、競泳の代表のチームで働いてたの？」

美冴が目を丸くして叫んだ。

「働いてたって言ってもマッサーとしてだよ。今はマッサージが専門だよ」

謙遜《けんそん》気味に言うが美冴が自分を褒《ほ》めてくれているような気がして、恭平は少し嬉しかった。

「それでもアメリカの代表チームなんてすごいよ。明日香もよかったね、アメリカでも評価されてるんだってさ」

昔は見せたことがない優しい笑みを、美冴は明日香に向けた。

現役時代は闘争心に溢れていた彼女は、今は指導者として選手に熱意を向けているのだと感じられた。

「別に……水泳は自分との戦いだと思ってますから……」

素《そ》っ気《け》ない風に明日香が言う。

競泳選手の中にも、ライバルとの勝ち負けにこだわるタイプと、自分の記録を追い求めるタイプがいる。もちろん勝つことにこだわらない一流選手などいないのだが、明日香は記録をより強く意識するたちのようだ。

「さあさあできたわよ、運んで」

なんとなく緊張感のある会話になってしまったとき、ずっとコンロに向かっていた晴那の声がして、明日香と歩夢が同時に立ち上がった。

「……だからその女理事長が、ほんとにいやな奴なのよ」

晴那の美味《おい》しい料理を肴《さかな》にビールを空けながら、美冴は久しぶりに会った恭平を相手に、盛んに気炎を上げていた。

歩夢たちはとっくに食事を終え、二階の自室に引き上げてしまっている。晴那も風呂に入ると言って台所を出たので、食卓には恭平たち二人きりだ。

酒が入ったせいかもしれないが、以前の美冴からはあまり考えられない姿に、恭平は内心驚かされていた。

もともと彼女は明るい性格だが、自分に厳しく、決して愚痴や弱音を吐いたりするタイプではない。

（これもいい変化なのかもな……）

肩の故障さえなければ、美冴も明日香と同じレベルの自由形の競泳選手だったはずだった。なにしろ中学のときに出場したジュニアの世界大会で、他の選手を圧倒的に突き放して、金メダルを獲得したのだから。

容姿だけでなく均整の取れた身体で泳ぐフォームも美しく、彼女がオリンピックに出られないなど、当時は誰も考えてすらいなかった。

そのくらいずば抜けた選手だった。

「ねえ、聞いてるの？　恭平」

恭平がうわの空だと思ったのか、不満げに美冴が肩を突いてきた。

「聞いてるよ、水泳部が廃部の危機だって話だろ」

かつては女子競泳の名門中の名門と言われたN女子大水泳部も、前のヘッドコーチが理事長と揉めて辞めてから、衰退の一途をたどっているらしい。

美冴がヘッドコーチを引き受けてから三年、新入部の生徒は明日香たち二人だけで、四回生が就職活動で退部してからは、二人っきりの部となったというのだ。

いくら高校時代までは名の通っていた選手だったとはいえ、オリンピックに出たわけでもなく、また指導者としての実績もない美冴が、有力な選手を集めるのは難しいのかもしれない。

「そのうえ、プールも潰《つぶ》すなんて言うのよ、そんなの絶対に許さないんだから」

女理事長は、二人しか部員がいないのなら、系列の高校にある室内プールを共同で使えと言っているらしい。

ただ他の理事たちが、国の強化指定の選手がいるのだから、と押しとどめている状態らしかった。

「絶対に水泳部を、理事長の好きなようにはさせないんだから」

気の強い美冴は一切引くつもりはないようだ。

「来年、新入生が入るといいな」

コップに入ったまま少しぬるくなったビールを口に運ぶ。

恭平は美冴のピンチに、またしても何もできない自分がくやしかった。

「まあ俺も、出来る限りは力になるよ」

ぽつりと力ない励ましをするのみだ。

「ほんと。じゃあ、お願いがあるの」

小さな呟きを聞いた美冴の顔が一瞬で明るくなった。

「な、なんだよ」

目を輝かせて笑う美冴に、恭平は引き気味になる。

昔から彼女がこんな顔になるときはろくなことがない。

「二人にマッサージしてあげてよ、今から、ただで」

「今からあ、マジかよ」

少しビールも呑んで寛《くつろ》ぎモードに入っていた恭平は、余計なことを言うんじゃなかったと、今さらながらに後悔した。

(まったくプロの俺に無料マッサージなんかさせやがって)

いったん帰宅して準備をした恭平は、二階にある明日香と歩夢の部屋に行き、まず明日香からマッサージを始めることにした。

心の中では文句を言っているが、もちろん手抜きなどしていない。

「ん……んく」

まだ学生の明日香はマッサージを受けた経験などほとんどないのだろう、強めに押したら声を漏らしている。

その声は妙に色っぽいが、普通のマッサージをしているときの恭平は、相手の筋肉に集中しているので惑わされることはない。

「痛かったら言ってね」

自由形の選手らしい、よく発達した背筋のあたりを指で解《ほぐ》していきながら、恭平は声を掛ける。

「大丈夫です」

うつ伏せにベッドに横たわったまま、明日香が返事をする。

首まで隠している長い黒髪が美しい光沢を放っていた。

(やっぱりいい筋肉をしているな)

そのまま腰を押しながら、恭平は明日香の筋肉の質に感心していた。

一流の選手独特というか、柔らかいのに弾力があり、親指で押せば指が一度沈んでから弾かれるような感触がある。

これはスポーツ選手に向いている筋肉で、力としなやかさを併《あわ》せ持っているから、いいパフォーマンスが期待できるのだ。

「ちょっと左肩に張りがあるかな、痛みとかある？」

上半身で唯一、左肩の張りが強いのが気になった。

「痛みはないですけど、たまに動きが悪いことがあります」

ベッドに顔を伏せたまま、明日香は応えた。

水泳選手は他の競技に比べて身体への負担は少ないと言われてはいるが、選手として激しい練習を行うと、故障と無縁ではいられない。

自由形の選手は特に腰と肩を故障することが多く、美冴が選手生命を絶たれたのも肩の故障が原因だ。

「ちゃんとお風呂上がりに、入念にストレッチをしたほうがいいね。まだ故障とまではいってないけど、放っておくと怖いよ」

アメリカでは肩の故障を抱えた選手を診《み》たりもしたので、明日香の肩はまだまだ柔軟な状態であることはわかっている。

それでも脅すように言ったのは、一流のアスリートの中には不調を我慢してしまい、痛みを訴えたときには、すでに深刻な状態というケースがあるからだ。

選手のコンディションをよく把握して、コミュニケーションをとって未然に予防することもマッサーやトレーナーの仕事なのだった。

「わかりました」

少し顔を横に向けて明日香は応える。

愛想はあまりないが、根は素直な子なのかもしれない。

「じゃあ次はオイルで脚の疲労を流すけど、いい？」

恭平は自宅から持ってきた道具入れから、マッサージ用のオイルが入ったビンを取り出した。

マッサージにオイルを使うのは一般的で、競技前に筋肉に熱入れをするためのマッサージに使うものや、クールダウン用のものまで様々な種類があった。

「お願いします」

施術のためには彼女の剝《む》き出しの脚に触れなければならないが、明日香は特に躊躇《ちゅうちょ》する様子もない。

自分の肉体や記録のためなら、異性に触れられることにも抵抗はないようだ。

「じゃあ始めるよ」

しなやかな両脚がほとんど剝き出しになった、ショートパンツ姿の明日香の下半身にはバスタオルが掛けてあったが、それを剝がしてベッドのシーツが汚れないように下に敷いた。

そして、筋肉をリラックスさせる作用のあるオイルを手に取り、明日香の白い肌に塗《ぬ》っていく。

「ひゃっ」

オイルが少し冷たかったのか、明日香が声を上げた。

クールな彼女には不似合いな、ずいぶんと可愛らしい声だ。

「ごめんね、すぐに馴れると思うから」

上半身同様に柔らかい筋肉の脚に恭平はオイルを塗り込み、手のひらで押し出すようにして足首から膝の裏に向けてマッサージしていく。

これは脚にたまった疲労物質をリンパ節に流し込んでいくマッサージで、疲れの回復にいい。

(肌も綺麗だな、あまり日灼《や》けもしてないし)

ほとんど室内のプールで練習しているらしいので、あまり日に灼けておらず、白い肌をしていて肌質もきめ細かい。

肌質の良さが彼女のコンディションがいいことを物語っているのかと考えながら、

恭平はマッサージを続けた。

肌の美しさは明日香に負けず劣らず素晴らしいのだが、とにかく身体全体が固いのだ。

明日香の施術が終わり、次は歩夢の番なのだが、こちらはかなり筋肉が固い。

「いたたたた」

「このままじゃ間違いなく故障するし、しなくてもタイムに影響するよ」

同じように上半身をほぐしてから、脚のマッサージに移っているのだが、歩夢はずっと声を上げっぱなしだ。

「今の倍くらいはストレッチに時間を掛けないと、記録も伸びないと思うよ」

優雅に泳いでいるように見える平泳ぎだが、実はけっこう身体の負担が大きい。

特に近年の平泳ぎ選手は、一般の人間のように脚で水をかく泳ぎ方ではなく、後ろに向けてキックするフォームで泳ぐため、腰や膝を故障しやすい。

「ちょっと股関節も開くよ」

脚の疲労物質を流し終えた恭平は、歩夢を仰向けにさせる。

Tシャツの胸のところが意外なほどふくよかなのだが、今はそんなことは気にならない。

「痛い、もう無理です」

右脚だけを開いてゆくと、あまり広がらないうちから彼女は音《ね》を上げた。

「これだけ股関節が固いと、膝に負担が大きくなるからね。特に股関節は念入りにね」

恭平はそう言って、大きく開いた右の内腿をマッサージしながら、伸ばしていく。

ショートパンツと太腿の間からパンティが見えそうだが、あえて見ないことにした。

「はい……くうう」

苦しそうにしているが、歩夢は懸命に堪《こら》えてついてこようとしている。

彼女も選手として上を目指す気持ちが強いのだ。

「目標にしている大会はいつ？」

「再来週です」

顔を歪めながら歩夢は、どうにか返事をしている状態だ。

「再来週？　じゃあ今から柔軟性を上げるのは無理かもしれないけど、筋肉の張りだけは取ってあげるから、毎日お風呂上がりにウチに来て。いいね」

ただ働きはいやだと思っていたが、そんなことを言っている状況ではない。

「は、はい……くううう」

脚を開かれる痛みに悶絶しながら、歩夢は必死に頷《うなず》いた。


「どうだった？　二人の身体」

二人のマッサージを終えて一階に下りていくと、風呂から上がったばかりの美冴と鉢合わせになった。

ハーフパンツとTシャツ姿の彼女の、濡れたままの髪が現役のスイマーだったときを思い出させた。

「明日香ちゃんは問題ないけど、歩夢ちゃんのほうは、ちょっと関節が固すぎるかなあ」

最初彼女たちから『先生』と呼ばれたので、それでは堅苦しいからと下の名前で呼んでくれと頼み、恭平も同じようにすることにした。

マッサーというのは教える立場ではないし、ときに選手のメンタル面の相談に乗ることもあるので、お互いに気安いほうがいいのだ。

「とりあえず歩夢ちゃんは再来週に大会なんだろ。それまでは毎日、マッサージするから俺のところに来させてよ」

二人は階段下の廊下で向かい合って話しているが、狭いから間がほとんどない。

（こんなに胸大きかったっけ……）

Ｔシャツの胸にプリントされた文字が歪むほど、美冴の乳房は大きく前に突き出している。

恭平が海外に行く前から小さいほうではなかったが、Ｈカップだと言っていた姉の晴那に負けず劣らずの迫力だ。

「頼めるかな、ごめんね」

両手を顔の前で合わせて、美冴は頭を下げる。

男っぽい性格は以前のままだが、身体のほうは艶めかしさを増しているように思えた。

「じゃあ二人と相談してくるから、よろしくね」

Ｔシャツの下の巨乳を揺らしながら、美冴は階段を駆け上がっていった。

後ろ姿を見上げると、ハーフパンツがはち切れそうなほど実ったヒップも、以前とはまったく違う色香があるように思えた。

「恭平くん……」

美冴の姿が見えなくなると、廊下と居間の間の襖《ふすま》が開き、晴那が顔を出して手招きしてきた。

「どうしたの?」

居間の中に入ると、すでに布団が敷かれていて、晴那はパジャマ姿だった。

「下で寝てるの?」

風呂上がりで白い肌をピンク色に染めている彼女の横に座りながら、恭平は言った。

「だって上の部屋は占領されてるから。最近は仕事も寝るのもここよ」

布団の上に横座りになった晴那は長い髪をかき上げながら、恭平を見つめてきた。

大きな瞳が少し潤んでいて、ぞくっとするような色香がある。

「そうだね、ウチと同じ構造だものね」

二階には二部屋しかないのも同じだ。

一部屋は美冴が、もう一部屋を選手の二人が使えば、晴那は居間で寝るしかない。

「まあそこそこ広いからいいけどね」

薄いブルーのパジャマに包まれた身体を恭平に向け、じっと晴那が見つめてきた。

(ノーブラ……)

パジャマの下でやけに乳房が自由に揺れている。

よく見たら、二つのボッチがくっきりと布越しに浮かんでいた。

「美冴は簡単にお願いなんて言ってたけど、あの子、お金の事とか、ちゃんとするつもりはあるのかしら」

少し心配そうに晴那は言う。

確かに美冴の様子だと、確実に恭平はただ働きになりそうだ。

彼女は今でも恭平のことを、舎弟かなにかだと思っている感じだった。

「いいよ、俺もしばらくはのんびりするつもりで貯金もしてきたし。それにいつどこのチームと契約して帯同しなくちゃいけなくなるか、わからないしね」

プロチームと契約をした場合は、もちろん遠征にもついていかなくてはならない。

仮に県内のチームにマッサーとして雇われた場合でも、ホームゲームなら自宅から行けても、地方での試合のときは一緒に遠征だ。

「施術料をもらうと、就職が決まりましたからもう無理ですとは言えないじゃん」

お金を受け取らない理由としてそう言った恭平だが、出来る限りは二人の身体のケアをしようと考えていた。

それに、こうでも言わないと晴那は自分のポケットマネーから施術代を出すと言い出しそうだ。

「そう、ありがとう。じゃあ、私なりのお礼をさせてもらうわね」

笑顔を向けた晴那だが、いまいち目が笑っておらず、恭平はいやな予感がした。

「今日もすっきりしていくでしょ」

予想はまさに的中で、晴那は布団の横に座る恭平に四つん這いで近づいてきた。

「わっ、なにするの、だめだって」

パジャマに包まれたムチムチのヒップを揺すりながら近づいた晴那は、器用に恭平のズボンのベルトを外していく。

「だってお金以外のお礼といえば、これでしょ」

恭平のズボンとトランクスを、ニコニコ顔で晴那は脱がしていく。

お礼だと言ってはいるが、完全に自分が楽しんでいる。

「美冴ちゃんや、あの子たちが下りてきたらどうするんだよ」

この前と違い、二階には皆がいる。

派手な喘ぎ声など上げたらたちまちばれてしまい、勝ち気で男っぽくても、そういう方面には真面目な美冴など大騒ぎしそうだ。

「だから今日は、恭平くんが気持ちよくなってくれるだけでいいわ」

意味ありげなウインクをした晴那は、下半身だけ裸になった恭平の股間に顔を埋めてきた。

「んん……んん……んは……今日も大きいね」

まだだらりとしてはいるが、それでもかなりの大きさを誇る恭平の逸物の先端を、晴那は舌先でチロチロと刺激し始めた。

「あうっ、そんな晴那ちゃん……くうう」

晴那のねっとりとした舌使いに、恭平はつい声を上げてしまう。

久しぶりに好きだった美冴に会い、気持ちも昂ぶっていたのか、肉棒はあっという間に固く屹立《きつりつ》していった。

「すごい、すぐに固くなった」

楽しそうに笑いながら美冴はチロチロと裏筋のあたりを刺激してきた。

ピンクの舌のざらついた部分が、男の敏感な部分を擦り上げ、強烈な快感が頭にまで突き抜けていった。

「逞しいわ、ほんとに」

一度口を離してそう言うと、今度は尿道口から下に向けて丁寧に舌を這わせていく。

「あうっ、そんな、くうう、晴那ちゃん」

聞かれてしまうかもと思いつつも、恭平は声が止められない。

晴那の舌は裏筋からさらに下り、竿を伝って根元まで辿《たど》りつく。

そして、晴那はぱくりと片方の玉を飲み込んでしまった。

「はうっ、うううっ」

間抜けな声を上げて恭平は、尻餅をつく形で左右に拡げた両脚を震わせた。

膝を折ったまま股間に顔を埋めている晴那は、さらに舌で転がすようにして、睾丸を舐め回してくる。

「んん……んん」

唾液の音を響かせながら玉を転がされ、むず痒いような快感に下半身が包まれる。

肉棒が何度も脈を打ち、恭平は腰をよじらせるばかりになった。

「ぷは……うふふ、ビクビクしてるわ」

玉袋の快感に反応している怒張を見て晴那はまた淫靡に笑うと、パジャマの前を開き、ノーブラのHカップの双乳を丸出しにする。

そして、二つの肉塊の谷間に怒張を挟み、ゆっくりと上下させてきた。

「あうっ、パイズリまで、晴那ちゃん」

マシュマロのような柔肉が甘く肉棒を包み込み、しっとりとした肌が亀頭のエラや裏筋を擦り上げてくる。

優しい摩擦に根元から先端まで覆われた肉棒から、たまらなく快感が湧き上がってくる。

「ううっ、こんなの、すごい」

もう恭平はだらしなく両脚を開いたまま、情けない声を出すばかりになる。

ずっと脈を打ちっぱなしの肉棒からは、カウパー液が溢れ出し、それが潤滑油となってパイズリの快感がアップしていくのだ。

「好きなだけ気持ちよくなっていいのよ」

素直な反応を見せる恭平に晴那も気を良くしたのか、リズムよく腕を動かし、パイズリのスピードを上げていく。

肌をピンクに染め、厚めの唇の間から湿った息を漏らす彼女の色っぽさが、恭平の性感をさらにかき立てた。

「ううっ、もうだめだ、イキそうだよ……ああっ、晴那ちゃん」

濡れた柔肌の擦り上げに長時間耐えられるはずもなく、恭平は腰を震わせた。

怒張の先からは絶え間なくカウパー液が溢れ、根元はずっと痺れている。

「いいわ、そのまま出して、恭平くん」

声まで引き攣らせる恭平の肉棒を、晴那はとどめとばかりに柔乳で強く挟み込み、大きなストロークでしごき上げる。

「あっ、だめっ、イク、くううう」

亀頭のエラや裏筋に吸いつくように密着した肌が、強い摩擦を与える。

肉棒の根元が締めつけられ、恭平は自ら腰を浮かせて限界を叫んだ。

「来て、恭平くん、んく、んん」

怒張が射精の体勢に入った瞬間、晴那は柔乳から手を離し、亀頭を唇で包み込んでくる。

「んんっ、んんん」

そして強い吸い込みをかけてきた。

「晴那ちゃん、くううっ、吸ったら、ああっ」

射精のタイミングと同時に精液を吸い出され、恭平は初めての感覚に身悶えしながら、エクスタシーの発作に震える。

尿道を粘液が出てゆくよりもさらに速いスピードで、強引に引きずり出されていく感じだ。

「ああっ、あくっ、ああぁ」

それは苦痛ではなく、むず痒く強烈な快感で、恭平はなすすべもなく喘ぐばかりだ。

「ううっ、くううう、まだ出る、あっ」

「んん……くん、んん」

当然射精の量もいつもより多かったが、晴那はなんの躊躇《ためら》いもなく喉を鳴らして全てを飲み干していった。

「あっ、あう……ごめんなさい晴那ちゃん……いっぱい出して」

未知の快感に翻弄《ほんろう》された恭平は、なぜか子供の頃に戻ったような心境になり、昔の口調で晴那に謝ってしまった。

「なに言ってるの、たくさん飲ませてくれて、お姉さん嬉しいわ」

晴那も彼女が高校生だった頃のような笑顔を浮かべて、亀頭にまとわりついた精液を舌で掃除し始めた。

「あうっ、晴那ちゃん、そんなことまで、ううっ」

イッたばかりで敏感になっている亀頭を熟した舌で拭《ぬぐ》われ、恭平はまた切ない快感に喘いだ。


「出張？　なにそれ？　もう退職したんじゃなかったのかよ」

晴那の淫らなお礼を受けてから数日後。

恭平が風呂上がりに自宅の台所でアイスを食べていると、隣の居間にいる父親が急な話を切り出してきた。

「俺が昔に関わったプロジェクトでな、当時の社員で動けるのが俺しかいないんだよ。あとは取締役くらいだが、高齢で体力的に無理なんだそうだ」

ソファーの上で足の爪を切りながら、父親は世間話でもするかのように話しだした。しかも、こちらに背中を向けたままというおまけ付きだ。

「だから、三ヶ月ほどF県に行ってくる」

あっさりとした口調で父親はそう言った。

まあ恭平が子供の頃から長期出張が多い父だったから、しばらくいなくなること自体には別に珍しくはない。

恭平はふうん、と軽くうなずいたが、続いて母親が台所から、

「今度は私も行ってくるわ、お父さんもしばらくブラブラしてたから、いきなり働いて身体を壊さないか心配だし」

と付け加えてきたのには閉口した。

「せっかく日本に帰ってきたのに、また自炊かよ……」

海外生活ではほとんど自炊していた恭平だが、日本では母が炊事どころか洗濯もしてくれるので、すっかり楽をしていた。今さら一人暮らしに戻りたくはない。

「あ、それなら大丈夫よ。お隣の晴那ちゃんが作ってくれるって。四人分も五人分も同じだって言ってたよ」

母親がこともなげに言った。

「なんだって、さっき会ったのに、お礼も言ってねえよ、早く教えてくれよ」

とりあえず恭平はサンダルを履いて、隣の三津村家に向かった。


「ごめんね晴那ちゃん、今さっき聞いたんだよ」

三津村家に行くと、台所で晴那と美冴がビールを呑んでいた。

「いいのよそんなの。それより一緒に呑む？」

いつもの笑顔で晴那はグラスを出してくれた。

「あと食費はちゃんと請求してね」

「いらないわよ、材料代なんか同じなんだから。あの子たちもよく食べるからいつもまとめ買いだしね」

グラスにビールを注《そそ》ぎながら、晴那は明るく言った。

「でもそういうわけには」

目の前にも数種類のおつまみが並んでいるが、全部それなりに手がかかったものだと、自炊歴の長い恭平にはわかる。

だから余計にただというわけにはいかない。

「いいの。恭平くんからお金なんかもらえないよう」

なんだか晴那も酔っ払っているのか、頬をピンクに染めたまま、手のひらをそっと恭平の手にあててきた。

彼女の手のひらの温もりと大きく膨《ふく》らんだパジャマの胸元が、この前のいやらしいパイズリを思い起こさせ、恭平は危うく勃起しそうになった。

「なんだか二人、夫婦みたいね」

晴那に見とれるあまり、完全に視界から外れていたテーブルの向こうから、やけに低い声が聞こえてきた。

「な、なに言ってるんだよ、美冴ちゃん」

ハーフパンツにTシャツ姿で、長い脚を組んでイスにふんぞり返る美冴の瞳がやけにすわっている。

酔っ払っているのかもしれないが、晴那との関係を気づかれたのではないかと、恭平はドキドキだ。

「もう美冴ちゃん、お行儀《ぎょうぎ》が悪いわよ」

背もたれに片方の肘を置いて、まるで親父のような呑み方をしている美冴を晴那がたしなめるが、気にする様子はない。

「お姉ちゃんも気をつけなよ、昔から女相手には調子がいいんだから、恭平は」

すわった目で恭平を睨みつけたまま、美冴は指差してきた。

「いい加減にしなさい、美冴ちゃん」

「私は恭平にちゃんと真面目になれって言ってんの」

かなり酔っ払っているのか、美冴はわけのわからない説教を始める。

恭平は昔からぐれたことなどないし、最近の行いで彼女に言えないことといえば晴那と肉の繋がりをもったことくらいだ。

だが、そのことに気がついてるのなら、美冴の性格からしてストレートに追及してくるはずだ。

「恭平くんはちゃんとしてるでしょ。外国で自立してたんだし、立派よ」

「はいはい、お姉ちゃんは昔から恭平の味方よね。恭平も必ずお姉ちゃんの肩を持つし」

ついには拗ねてしまったのか、美冴はぷいっと横を向いてしまった。

（ヤキモチ妬《や》いてるのか……まさかな……）

晴那と自分が仲むつまじいことに不満げな顔を見せる美冴が、なにか嫉妬しているように恭平は感じた。

しかし、彼女にとっての恭平は弟で子分のような感覚なのだろうから、ちょっと信じられなかった。

「もうっ、美冴ちゃん、今日はどうしたの」

普段は酔っ払ってもこんな風にふてくされたりしないのだろう、晴那もなにか戸惑っている様子だ。

恭平に至っては長らく日本にいなかったせいで、美冴が真っ赤になるまで酒を呑んでいる姿を見ることすら初めてだった。

「恭平、選手に手を出したら承知しないからね、わかってる？」

少しろれつの回らない口調で美冴はテーブルに身を乗り出してきた。

「わっ、わかってるよ、馬鹿言うな」

テーブルの天板に両肘をついて上半身をこちらに向ける姿勢を美冴がとっているため、Tシャツの首元が開いて、白のブラジャーに包まれた乳房が見えた。

その膨らみはHカップの姉の晴那にも劣らない迫力で、恭平は心がざわついてまともな返事すらできなかった。

「あの、恭平さん……私を抱いてくれませんか……」

選手には手を出すなと美冴に命令された恭平に、早速の試練が訪れた。

明日は国体の県代表を決めるレースが行われ、平泳ぎ部門に歩夢が勝ち進んでいる。

一昨日、あっさりと自由形の代表を決めた明日香は、東京で行なわれる日本代表合宿に呼ばれていて、今日から美冴も帯同して参加していた。

明日の大会には恭平と晴那で付き添うことになっていて、今夜はレース前最後のマッサージを施しているのだが、歩夢がとんでもないことを言い出した。

「と、突然なにを言い出すんだよ」

両親もすでに出張に旅立ち、独り暮らしとなった自宅の二階にある自分の部屋で、買ったばかりのマッサージ専用ベッドに歩夢を寝かせて筋肉をほぐしている。

一通りの施術を終えたあと、起き上がるように言うと、歩夢はショートパンツにTシャツの身体で抱きついてきた。

「私みたいな女とは、する気はおきませんか」

ベッドに座ったまま歩夢はそばに立つ恭平の腰にしがみついている。

女性とはいえ鍛えているせいか、かなり力が強くて簡単には振り払えそうにない。

「いや君は可愛いし充分に魅力的だけど、ほら明日のレースに影響が出たらどうするんだよ」

試合前の選手の心を必要以上に乱すわけにはいかないので、恭平は彼女の肩を優しく摑んで声を掛けた。

「明日のレースに勝ちたいから、抱いて欲しいんです」

ようやくショートボブの頭を起こした歩夢の大きな瞳から、大粒の涙がボロボロとこぼれ落ちた。

幼げな顔立ちの歩夢が薄めの可愛らしい唇を震わせて泣く姿は、恭平の心に強く突き刺さった。

「どうして俺とすることが勝つことに繫がるのかわからないんだけど、落ち着いて話してみて」

すぐ横にある恭平が寝るためのベッドに腰掛けて、マッサージベッドの上に座って泣く歩夢と向かい合った。

「はい……実は私……すごく緊張するたちなんです」

涙を拭いながら歩夢は小さな声で話し始めた。

「肝心なレースになるとスタート台に立つ前から脚が震えて身体に力が入らなくなっ

て、いつものタイムの半分ちょっとしか出せないこともあるんです」

泣き続ける歩夢の顔を恭平はタオルで拭ってやる。

どんな一流選手でも試合の前は緊張するのは当たり前で、皆、それぞれの方法で集中力を高め、緊張を振り払う。

イヤホンで音楽を聴いて集中する者もいれば、周りの人間と大きな声で自分は強いと繰り返し叫んでテンションを上げていく者など、ほんとうに人それぞれだ。

「すいません……ただ、高校でインターハイに出たときだけは、代表を決めるレースの前の日に半分やけくそで、彼氏としたんです。そしたら不思議と緊張しなくて」

もうその彼氏とは高校のときに別れているので、誰にも頼めないと歩夢は受け取ったタオルで顔を覆いながら言った。

「だから俺にか……」

こんな幼げで可愛らしい歩夢が、セックスで緊張をほぐすとは、にわかには信じられない話だが、実際に恭平も海外の選手の中には試合前日の夜でもパートナーとセックスをする者もいると聞いたことがある。

そして、性感マッサージの客にも、試合前にエクスタシーを迎えて調子を上げる女性アスリートがいた。

（確か女性ホルモンが出て、心が落ち着くとか言ってたな）

彼女が恭平のマッサージで何度もエクスタシーに上りつめた翌日、ぶっちぎりで勝つ姿をテレビで見て、驚いた記憶がある。

（この子も同じなのか……だとしたら）

性感マッサージについては日本ではしないことに決めていたが、彼女の泣き顔を見ていると、このまま無下《むげ》に見捨てることはできない。

「快感が君の成績に繋がるのなら俺にもできることがあるかもしれない」

恭平は覚悟を決めてベッドから立ち上がると、タオルを顔に押し付けるようにしてすすり泣く歩夢の肩を叩いた。

「じゃ、じゃあ」

タオルを顔から離した歩夢は大きな瞳を恭平に向けた。

「ただし、今から俺がいいと言うまで指示に従うこと、それとこのことは絶対に誰にも言わないこと。約束できるかい」

恭平は自分の手技で彼女をエクスタシーに追い上げ、肉体も心も満足させるつもりだった。

ただはっきりとそう言わないのは、セックスをしなくてはと思っている歩夢の心を落ち着かせるためだ。

（ばれたらマジで命が危ないな……）

口止めをしたのは、もちろん美冴が恐ろしいからだ。

「はい、わかっています。でもいったい……」

「まずはマッサージで身体をほぐすんだ。リラックスが大事だからね」

少し不安げな歩夢に向けて恭平が微笑むと、彼女はこくりと頷いた。

「じゃあ、下着だけになってうつ伏せに寝ようか」

自分の道具カバンから、性感マッサージに使用するためのオイルを取り出して、恭平はマッサージベッドのほうにバスタオルを敷いた。

「はい……」

少し恥ずかしそうにしながらも、歩夢はTシャツの裾に手を掛けた。

セックスをすれば緊張がほぐれると思っていても、やはり身体を見られるのは恥ずかしいようだ。

薄い黄色の下着姿になった歩夢は現役選手らしく引き締まった身体をしている。

（色っぽさはなくしてないんだよな……）

ただ筋肉質の身体というわけではなく、全体的に脂肪が乗り女らしい体型だ。

特にヒップは、平泳ぎの選手独特と言おうか、どっしりと大きくてムチムチ感がすごい。

その下の筋肉がよく鍛えられているので、なんとも迫力があり艶めかしい尻たぶだ。

(いかんいかん、最初から俺がこんなんでどうするんだよ)

晴那とセックスをしたり、現役の女子大生でもある歩夢のほうから迫られたりして、少し頭が淫欲に染まっているのかもしれない。

施術者は常に己《おのれ》の欲望は抑《おさ》え込まなくてはならないのだ。

「じゃあ、まずはうつ伏せで」

自分もまだまだだと思いながら、恭平は冷静な声で言った。

歩夢ももうなにも言わず、レモンイエローのブラジャーとパンティだけの身体を横たえた。

「まずはオイルを擦り込んでいくから」

小瓶に入ったオイルを手にとって伸ばしていく。

これは皮膚や身体を熱くする作用のある成分や、感覚を敏感にする成分が含《ふく》まれたもので、手のひらに取っただけで、皮膚がカッカとしてくる。

ただ局部などの粘膜に塗っても大丈夫なものなので、それほどきつい成分は入っていない。

（でないと、性感マッサージには使えないからな）

恭平はまず彼女の両脚にオイルを塗り込んでいく。

歩夢のほうは脚の疲労を取るために、オイルマッサージをよくしているので特に反応をすることもなく、恭平の手に身を任せている。

（ここから……）

すでに疲労をとるためのマッサージを終えたあとなので、あまり時間をかけなくても、歩夢の筋肉が緩んできた。

そこから恭平は普段はあまり触ることがない、太腿の付け根あたりに手を伸ばしていく。

「あ……」

オイルに濡れた手が内腿のあたりを擦ると、歩夢が小さな声を上げた。

内腿やお尻の下あたりには女性の性感を刺激するポイントもあり、恭平は内側から太腿とお尻の境目にかけてを丁寧にマッサージする。

「あっ、んん……」

両手を使って、彼女の両脚の付け根周りを同時に擦っていくと、声が一オクターブ上がり、両脚が自然に開いていった。

（けっこう敏感だな）

彼女の性感が昂ぶり始めていることを確信しながら、恭平はパンティに包まれたヒップを飛び越えて背中にオイルを塗り込んでいく。

「あっ、はん……」

ここでも歩夢は甘い声を漏らす。そして、恭平の手の動きに合わせて身体をよじらせ始めた。

「あっ、そこは……ああっ」

首筋から耳の下までオイルを塗りながら刺激を与えると、歩夢はたまらないといった風に声を上げた。

ここは男でも女でも敏感な場所だが、歩夢はかなり感度がいい。

「寒くない？」

腕にもオイルを塗ったあと、もう一度首筋に手を戻して、今度は指先で掻くように責めてみた。

「ちょっと熱いくらいです、あっ、ああっ」

指先が触れた瞬間に彼女は身体をビクッと引き攣らせて喘いだ。

その瞬間にブラジャーのホックを外したが、

(これだけ反応してくれるとやりがいがあるな)

恭平は気分をよくしながら、歩夢の身体を支えて半回転させる。

小柄だが均整の取れた身体が仰向けになった。

「きゃっ」

身体を回す過程でホックが外れたブラジャーがずれ、量感のある下乳が覗く。

歩夢は慌ててブラジャーを摑んで直した。

「そのままにしておいていいよ。身体を締めつけていないほうがリラックスできるでしょ」

「あ……はい」

言われるがままに歩夢はゆっくりと胸のところから腕を降ろし、真っ直《ます》ぐに身体を伸ばして横たわる。

唇の隙間から漏れる息も湿り気を帯び、目も虚ろになっていて、本人も自分の身体の昂ぶりを自覚して身を任せているという感じだ。

「そのままリラックスしててね」

恭平は声を掛けながら歩夢のお腹からみぞおちあたりを、持ち上げるように擦り始める。

「あっ、あふ、んん……」

オイルにまみれた恭平の両手が下から乳房を持ち上げるように動き、支えのないブラジャーが乳房と一緒に頼りなく揺れた。

ともすれば下に落ちてしまいそうなのだが、もう歩夢は気にする仕草も見せない。

「あっ、はああん、ああっ」

恭平の手がやがて下乳にまで達し、乳房をマッサージしていく。

ここでも歩夢は少し目を開けたくらいで、ただ声を漏らしながら脱力していた。

(すごい張りだな……若さか？)

歩夢の乳房の上のブラジャーからチラチラとラベルが覗いていて、そこにはEの文字が見える。

Eカップの巨乳は大きいだけではなくて、形も見事な球形だ。

「あっ、やん、あああ……」

ブラジャーがどんどんずり上がっていき、ピンク色の乳輪が半分顔を出している。

下のワイヤーの部分がどうにか乳首に引っかかっているという状態で、少し押せば乳房全体がこぼれ落ちそうだ。

「ああっ、はあああん、あああっ」

それでもあえて乳首を晒《さら》さずに、恭平は張りのある柔乳を揉み続けた。

乳房の感覚を上げられた彼女が、さらに敏感な部分である乳頭部に刺激を求めていることはわかっているが、あえてすぐには触れない。

焦らすことで性感をさらに煽《あお》り立てているのだ。

「今度は下にいくよ」

頂上にブラジャーがなんとか乗った乳房から、恭平は手を離すと、また内腿をさすり始めた。

「えっ、ああ……あっ」

歩夢は一瞬だけ戸惑った顔を見せ、まとわりついたオイルにヌラヌラと輝く身体を起こそうとしたが、恭平の手が内腿に触れると、切ない声を漏らして横たわった。

「こうして欲しいっていうのがあったら言ってね」

これも焦らしのテクニックの一つだが、歩夢は見事に反応しているようで、心の中では相当焦っているはずだ。

「そんな、あっ、あっ、あああ」

ただまだ恥じらいがあるので、自分からなにかを求めるのは無理なようだ。

（ここからだな……）

女性を一番感じさせる方法は、どこを責めるかということではなく、身体も心も快感が欲しいと望ませることだと、恭平は性感マッサージを指導してくれた同級生に教わった。

心がついてこなくては、いくら手技がうまくても効果半減だと。

だからまずはリラックスさせ、そこから手技や焦らしで身体の感度を上げ、本格的な責めに入るのだ。

そして焦らしから責めに入るこのタイミング、女性が身も心も開く瞬間を見極めるのが肝心だ。

「あっ、はああん、あああっ」

肝心な部分には触れず、膝のあたりからパンティの股布ぎりぎりまでを、指先や手のひらで刺激していく。

すると、歩夢はもう切羽詰まった声を上げ、筋肉がよく成長したムッチリとした太腿を開いていった。

（ここだ……）

恭平は右手で内腿を擦りながら、左手の手のひらをブラジャーと乳頭部の間に差し込んだ。

ブラジャーが飛ぶようにずれ、飛び出した乳首を恭平の手のひらが擦り上げた。

「ひあっ、あああん、そこは、はああん、ああっ」

マッサージベッドの上で小柄な身体がビクッと跳ね、歩夢は大きな目を見開いた。

手のひらが軽く先端に触れただけなのに、凄まじい反応だ。

「好きなだけ声を出していいよ、誰もいないから」

「ひうっ、あああん、ああっ、いやっ、あああっ」

不意をつくのも有効な攻撃の一つで、乳房を責められると思っていなかった歩夢は、意識の外からの快感に驚きながらも翻弄されているようだ。

「いやなの？　辛いなら中止しようか？」

声を掛けながら、恭平は両の手のひらで二つの乳首を擦り続ける。

ただ触れるか触れないかくらいのソフトタッチで、ピンク色の乳頭がきつく勃起していてもあえて責めない。

「はああん、だめっ、やめないで、あああん、ああっ」

もはや、身体を隠す役割を果たしていないブラジャーを首元にまとわりつかせて、歩夢は激しく身悶えを繰り返していた。

「じゃあもう少し強くしたほうがいいかな」

上々な反応に気を良くし、恭平は乳首を少し摘まんでみた。

「はうっ、あああん、ああっ、おっぱい、ああん」

ようやく訪れた強い刺激に歓喜するように、歩夢は腰を浮かせ、オイルに濡れ光る身体をガクガクと痙攣させる。

ここまでくれば、このオイルに濡れた肉体は、全てが性感帯のようなものだ。

（さて、いよいよ……）

恭平は彼女の乳首を左手で責めながら、右手の指で最後の一枚であるパンティの股布を擦りだした。

「ああん、恭平さん、くううん、ああっ」

指が布越しにクリトリスや膣口を擦ると、歩夢はあられもなく唇を開き、白い歯を覗かせながらよがり泣く。

もう身体の力は抜けきり、肉の乗った両脚はだらしなくがに股に開いている。

「ここも欲しいんだね」

恭平の言葉に、歩夢はひたすら首を縦に振った。

「わかった」

短く言って恭平はパンティを足先から抜き取っていく。

レモンイエローの布の下から薄めの秘毛と、固さの残る花弁が現れた。

ビラの小さな裂け目はすでに口を開いていて、中からは大量の粘液が溢れている。

「ああっ、恥ずかしい……ああん」

言葉では恥じらっているが、歩夢は一切身体を動かそうとしない。

もちろんオイルにまみれた両脚も開いたままだ。

「大丈夫だよ、誰も笑ったりしないから」

性感の燃え上がりに戸惑い気味の歩夢の大きな瞳をじっと見つめながら、恭平は二本の指を濡れた膣口に差し込んだ。

「ひぐっ、あああん、いいっ、ああっ」

充分に昂ぶらせていたおかげか、いきなりの二本挿入にも、歩夢は痛みを感じるどころか強い反応を見せている。

筋肉についた上半身を反り返らせ、腰を震わせて喘いでいた。

「好きなだけ気持ちよくなるんだ、歩夢ちゃん」

彼女の秘肉はとてつもない量の愛液にまみれていて、恭平の指をグイグイと締めあげてくる。

狭い膣壁をかき分けながら恭平は、彼女のポイントを探すべく、奥をまさぐっていく。

「ひあああん、そこは、あああん、恭平さん、あっ、あっ、だめっ」

狼狽えた表情を見せた歩夢は頭だけを起こして、何度も横に振る。

口角が下がって半開きになった唇が、少し潤んだ瞳が、男の嗜虐心《しぎゃくしん》をかき立てた。

「ここだね、君の感じる場所は」

膣の最奥の天井部分、子宮口の上あたりが歩夢の最も弱い場所のようだ。

晴那のように子宮口そのものが性感帯の女性もいれば、ずれた場所が感じる人もいて、ほんとうに女体は不思議だ。

「はううう、あああん、私、あああん、ああっ」

二本の指がそこを突き続けると、歩夢はもう恭平の言葉など聞こえていないのか、返事をすることもなくひたすらに喘ぎ続けている。

濡れ光る身体はずっとガクガクと震えていて、見事な球形に盛り上がる巨乳も波を打って揺れていた。

「あっ、ああん、恭平さん、ああん、ああっ」

悩ましく下半身をよじらせ、歩夢はよがり泣きを激しくしていく。

その顔は淫靡に蕩けきり、普段の美少女的な可愛らしさとはうって変わり、なんとも淫靡な雰囲気を漂わせていた。

「あっ、はあああん、私、もう、あああん、こんなに早く、ああっ」

指を入れてからそれほど時間は経っていないが、焦らされて強く燃え上がっていたであろう歩夢の身体は限界に向かっている。

ムッチリとした腰が自然と浮かび上がっては下りるを繰り返していた。

「いいよ、イッていいよ、歩夢ちゃん」

とどめとばかりに恭平は指を激しくピストンさせた。

「はあああん、もうだめええ、イク、イッちゃうううう、あああん」

両の手脚にぎゅっと力を入れ、ベッドの上で身体をくねらせながら、歩夢は頂点に向かう。

指が出入りする膣口から愛液が飛び散り、下に敷いたバスタオルに染みを作った。

「ああっ、イク、イクうううう」

ほとんど悲鳴のような絶叫をあげて、歩夢は女の極みに上りつめた。

小柄な身体が反《そ》り返り、張りのある乳房が千切れるかと思うほど躍り狂った。

「ああっ、ああん、ひあっ、あああ」

恭平は休まずに指でのピストンを続け、歩夢は断続的な発作に悶絶し続ける。

濡れた肉体がビクビクと痙攣する姿はなんとも淫らだ。

「ああっ、あふ……ああ……」

やがて絶頂の発作が収まっても歩夢は目を虚ろにしたまま、マッサージベッドに横たえた身体を小刻みに震わせている。

「これで明日は大丈夫だね」

セックスが緊張を取ることになるのなら、これだけ満足させれば大丈夫だろうと、恭平はタオルでオイルにまみれた手を拭き始めた。

美冴に対して言い訳が立つとは思えないが、一応、本番はしていない。

「待ってください、まだ最後までしてもらってません」

さすがアスリートとでも言おうか、さっきまで放心状態だったはずなのに、歩夢は素早く身体を起こして、恭平のハーフパンツをずり下ろした。

「わっ、こら、だめだって」

これには恭平もびっくりしてしまって反応が遅れてしまい、続けてトランクスまで降ろされた。

マッサージベッドの横に立つ恭平の肉棒が飛び出し、ベッドの上に四つん這いの歩夢の顔の前で揺れた。

「恭平さんも気持ちよくなって……あふ……」

歩夢は迷わずに小さな唇を開くと、まだ柔らかい肉棒に吸いついてきた。

「くう、だめだって、歩夢ちゃん」

温かい舌がねっとりと絡みついてきて、恭平は思わず声を上げてしまうが、さすがにこのままするわけにはいかず、ショートボブの彼女の頭を持ってやめさせた。

「恭平さん、お願いです、このおチ×チンで私に力を下さい」

肉棒が唇からこぼれ落ちても、歩夢はマッサージベッドの上に四つん這いのまま、大きな瞳でじっと見上げてくる。

「私ってそんなに魅力がないですか」

さっきまで欲情に輝いていた瞳に、また涙がにじんできた。

「そんなことないよ、君は可愛いし、でもどうしてそこまで……」

丸顔の彼女の頬を撫でながら恭平は聞いた。

選手だから勝ちたいのは理解できるが、歩夢はなにかもっと強い思いを感じさせた。

「私は高校の同級生だった明日香に憧れてN女子大に来たんです。あの子みたいに世界に通用する才能がないのはわかってますけど、せめて全国の大会に行って、同じプールで少しでも泳ぎたいんです」

もうブラジャーも落ちてしまって全裸の身体を四つん這いにしたまま、歩夢は顔を伏せた。

オイルや愛液がこぼれている敷かれたバスタオルに、また新しい染みが増えた。

「わかったよ、こうなればとことん協力させてもらうよ」

彼女の強い思いをくみ取った恭平はにっこりと笑った。

美冴が恐ろしいのは変わらないが、セックスをすることで彼女のメンタルの問題が解決するのならそれでいい。

陰《かげ》でアスリートを支えるのが、自分たちの役目だからだ。

「あっ、ありがとうございます。その代わり、私も精一杯ご奉仕します」

歩夢は半分泣き顔、半分笑顔の表情を見せると、唇を開いて肉棒を包み込んできた。

「くうっ、歩夢ちゃん……」

小さめの唇が大きく開くと亀頭部を吸い込み、エラのあたりに舌が絡みついてきた。

「んん、んん、んく」

歩夢はそのまま亀頭部を口腔の奥のほうまで飲み込み、四つん這いのまま頭だけを振り始めた。

「ううっ、大胆だね、歩夢ちゃん、くううう」

大胆に唇や舌を絡ませてしゃぶり上げる歩夢のフェラは心地良く、唾液に濡れた舌や粘膜が亀頭のエラに触れるたびに、たまらない痺れが腰を突き抜けていく。

「くふ、んん、んくっ、んんん」

ショートボブの髪を前後に揺らしながら、歩夢はさらに吸い込みを強くする。

彼女の激しい動きに、四つん這いの身体の下でEカップのバストが前後に激しく躍り、そのいやらしさにも、恭平は興奮を加速させた。

「ああっ、たまらないよ」

当然、肉棒も強く反応し、固く勃起して反り返る。

「んくううっ、んんん、んん」

肉棒が太さを増し、小さな唇が裂けそうになっても、歩夢は懸命に舌を絡ませ、激しいフェラを続けていた。

「もういいよ、歩夢ちゃん」

健気《けなげ》な歩夢の頭を持ってしゃぶり上げをやめさせると、恭平はゆっくりと逸物を抜き取った。

ピンク色の唇と充血した亀頭の間でぬめった唾液が糸を引いた。

「このままじっとしてていいからね」

恭平の巨根をしゃぶるのは苦しかったのだろう、息を荒くしている歩夢に言って、自分はベッドの向こう側に回り込んだ。

犬のポーズの歩夢の後ろ側にゆくと、そこには大きく実った桃を思わせる巨尻がでんと構えていた。

筋肉のうえに脂肪が乗った桃尻には染みの一つもなく、艶やかに輝いている。

「ああ……恭平さん、そんなに見たら恥ずかしい」

消え入りそうな声で歩夢は腰をくねらせる。

ただ、左右に揺れるピンクの裂け目から絶えず愛液が溢れ出ているので、欲しがっているようにしか見えなかった。

「いくよ、歩夢ちゃん」

もう覚悟を決めた恭平は亀頭の先端を濡れた膣口に押し込んでいく。

「あっ、あああん、大きい、ああっ、あああああ」

口を開いていたピンクの肉唇がさらに大きく開口していく。

中は外以上にドロドロに溶けていて、愛液の粘っこさと歩夢の体温に怒張が包み込まれた。

「痛くないかい？」

尻たぶと同じように艶やかな背中を何度ものけぞらせて喘ぐ、四つん這いの歩夢に声を掛ける。

恭平の位置からは彼女の表情が見えないのだ。

「ああん、痛くないです、あっ、あああぁ」

彼女の声音《こわね》も色っぽい響きをしているので、恭平は大丈夫だと確信し肉棒を一気に奥まで押し込んだ。

鉄のように固くなった亀頭部が押し寄せる膣壁を引き裂いて、一気に最奥に達した。

「ああっ、すごい、ああん、ああっ」

マッサージベッドの上についた手や脚を震わせながら、歩夢は絶叫している。

それなりに性経験があるようなことを言っていたが、確かに快感に従順な肉体の持ち主のようだ。

「もっといくよ、それ」

このあとシャワーも浴びさせないといけないので、あまり時間は掛けられない。

恭平はムチムチの尻たぶを両手で摑むと、強いピストンを開始する。

「あっ、ああぁん、恭平さん、はあぁん、あっ、いい」

突き出された巨尻に恭平の腰がぶつかり、パンパンという乾いた音が自室に響き渡る。

前後に揺れる四つん這いの身体の下で、張りのある巨乳が釣り鐘のように自由に揺れて、ときにぶつかりあっていた。

「気持ちいいのかい、歩夢ちゃん」

恭平は徐々に興奮してきて、歩夢のヒップを握る手にも力が入る。

さらに犬のポーズだと子宮口の下側になる彼女が一番感じる場所に向けて、肉棒を突き出した。

「ひああっ、そこは、あああん、だめえ、ああん、ああっ」

斜め下に向けて巨根を突き出すと、歩夢の絶叫がいっそう激しくなった。

一気に身を昂ぶらせていく歩夢を休ますまいと、恭平は集中的に肉棒をポイントに向けて突き出す。

「あっ、ああぁん、すごい、ああん、なにも考えられないよう、ああん」

顔は見えないが、歩夢は絶えず腰をくねらせ、マッサージベッドについた手脚を震わせている。

もう呼吸もままならないような様子で、ひたすらに大声でよがり続けていた。

「好きなだけ感じていいんだよ」

恭平も気持ちを込めて愛液に溶け落ちた膣奥に叩きつけた。

「ああっ、恭平さんも、あああん、好きなときに出して、ああん、大丈夫な日ですから、私、あああ」

真っ赤に上気した顔を後ろに向けて歩夢は叫んだ。

ショートボブの黒髪が汗に濡れた頬に張り付き、瞳は蕩けて唇も淫靡に輝いていた。

「わかった」

なんとも言えない欲情にまみれた表情を見せる歩夢に、恭平もいつしか興奮に飲み込まれていった。

「ああっ、私、ああっ、もうだめです、ああっ、あああ」

また前を向いた歩夢が背中をのけぞらせて、マッサージベッドの縁《ふち》を握りしめた。

「イッていいよ、イクんだ、歩夢ちゃん」

子宮口の下にあるポイントに向け、とどめとばかりに恭平は怒張を突き立てた。

「あっ、あああん、イク、あああん、歩夢、イキますう、ああっ」

四つん這いのグラマラスな身体が引き攣り、白い背中が反り返る。

その勢いで二つの巨乳が千切れそうなほどに大きく弾けた。

「イクうううううう」

ほとんど雄叫びのような声と共に歩夢は絶頂に上りつめる。

尻たぶが波打つほど身体が痙攣し、膣肉がぎゅっと狭くなった。

「ううっ、俺も出るよ、くううう」

その締めつけに恭平も限界を迎え、エクスタシーに達する。

肉棒の根元が脈打ち、熱い精が迸《ほとばし》った。

「ああん、恭平さんのが、あああ、私の奥に入って来てるっ、ああん、ああ」

膣内射精にすら快感を得ている風の歩夢は、歓喜しながら四つん這いの身体を痙攣させ、全てを甘受している。

(すごくエッチだな……)

日頃は少女のような見た目の歩夢が見せる、淫女のような反応に驚き興奮しながら、恭平は精を放ち続けた。


「行けー、もう少し」

翌日、隣の市にあるプールで国体の県代表を決める決勝レースが行われていた。

恭平は晴那と共にスタンドから見守っているのだが、スタート前の予想では三番手と言われていたらしい歩夢が、トップで最後のターンを決めた。

「頑張れ、あと半分」

残り二十メートルを切ってもまだトップだが二位との差が詰まった。

もちろん県代表になれるのは優勝者ただ一人だ。

晴那も恭平も祈るような気持ちで両手を合わせる。

(頼む、そのまま行ってくれ)

今まで何度も自分が担当した選手の勝負を見つめてきた恭平だが、プロの選手のとき以上に心臓が締めつけられ、もう吐きそうだ。

「いける、やった、勝ったあああ」

わずかな差ながら歩夢がプールの端にたどり着いた瞬間、晴那が立ち上がってガッツポーズをした。

淑《しと》やかな彼女にしては珍しいが、やはり普段一緒に生活している分、思い入れもあるのだろう。

「はー、よかったあ……」

恭平のほうは息を吐《つ》いて、スタンドのイスにへたり込むように身を預けた。

あんなことがあったせいか、勝って嬉しいというよりも、ほっとしたというのが本音だった。もちろん昨夜のことは絶対に秘密だが、気持ちの上でも、美冴にも申し訳が立った思いだ。

「歩夢ちゃん、やったあああ！」

プールから上がってこちらに微笑む歩夢に、晴那は懸命に手を振っているが、恭平は脱力して、ようやく片手を上げるくらいしかできなかった。

第三章　プールサイドで燃える肢体

日本に戻って約一ヶ月が経過し、恭平の元にはプロチームからぼつぼつマッサーとしての誘いや、一流選手から専属トレーナーをしてもらえないかというオファーが来始めている。

ただ、どこにするかは決めかねていた。ちょうど日本のスポーツ界がこれからシーズン優勝などが決まる時期であるのと、どうにも明日香や歩夢たちのことが気にかかっていたからだ。

恭平はN女子大水泳部の臨時トレーナーとしてプールにも顔を出し、二人の身体のケアやストレッチなどの補助をするようになっていた。

「あ、こんにちは、どうぞお通りください」

何度か来て顔見知りになった、N女子大の守衛と挨拶を交わして構内に入る。

校舎に続く石畳の道の左右にあるベンチには、うら若き女子大生たちが座っていて華《はな》やかだ。

男の恭平は首から入館許可のパスをぶら下げていないと、顔がわかっていても守衛は中に入れてくれない。

女子大ゆえに男は厳しく管理されているが、その分中に入ると若い女性に頭を下げられたりして、ちょっとしたハーレム気分だった。

(そんなに無理に水泳部を潰す必要も、ないと思うんだけどな)

恭平が気になっているのは、歩夢と明日香に加えて、美冴のこともだった。

N女子大は人気校で、附属高校を含めて少子化の今でも経営は順調らしいが、女性理事長が水泳部を処分したがっている。

それに対抗するには成績を残し続けて、新たな新入部員を大勢迎え入れるしかないという状況の美冴や、一心に上を目指す選手の力になってやりたかったのだ。

正面の校舎にはもちろん入らず、グラウンドの横を回ってプールの建物に向かう。元は名門だけあって、シャワーやジャグジーまで完備した立派な屋内プールだ。

「あれ、どうしたの二人とも。練習しないの？」

プールサイドに入ると、歩夢と明日香が並んで腰掛けていた。

「あ、恭平さん」

いつもニコニコ顔の歩夢が振り返ったのだが、珍しく困り顔をしている。

「なにかあった？」

「あれ……」

競泳水着を纏《まと》った彼女たちの後ろから話しかけると、明日香がプールの向こう側を指差した。

彼女も、いつものクールな顔とは違い、眉間にしわを寄せている。

「いい加減にここ空けなさいよ、邪魔なのよ」

「水泳部の存続は理事会で決まったことでしょ、今さらなに言ってんの」

水が窓からの光に輝くプールの横で、二人の女が言い争っていた。

一人は美冴で、いつもの練習のときと同じように、ジャージのズボンに白のＴシャツ姿だ。素っ気ない格好をしていても、大きく前に突き出した巨乳や張りのあるヒップがなんとも色っぽい。

「水泳部の存続とプールは別問題よ。高校のプールを共同で使えって言ってんの、選手も二人だし問題ないでしょう」

美冴も声が大きいが、相手の女性も負けていない。

白いスカートのスーツを着た女性は、歳のころ三十代半《なか》ばといったところだろうか、髪をアップにして後ろでまとめ、顔立ちはやや派手目な印象を受ける。

スタイルのほうも美冴に負けておらず、モデルのようなすらりとした体つきなのに乳房の張り出しがすごい。

「あれ、誰？」

女同士の遠慮のない罵《のの》り合いに、多少呆《あき》れる気持ちになりながら、恭平はそばにいる歩夢に聞いた。

「ウチの学校の理事長です、ほら、前に水泳部を潰そうとしたって言ってた」

「えっ、ここの理事長ってあんなに若いのっ」

前に美冴から女性理事長と揉めていると聞いていたから、秘書か誰かが来ているのかと思ったが、まさか本人とは。

メガネで高齢のイビリ好きそうなおばさんを想像していた恭平は、面食らった。

「海堂香奈子《かいどうかなこ》、三十八歳。三年前、前理事長が亡くなって跡を継いだそうです」

恭平の疑問に明日香が淡々と答えた。

なぜ理事長の年齢まで明日香が把握しているのか、あえてそこには突っ込まない。

この子もちょっと変わっている。

（三十八で理事長か……。若いな。でも見た目はそれ以上か）

タイトなスカートの布を引き裂きそうな大きなヒップを見つめて恭平は思った。

大きな瞳も二重で美しいし、離れてはいるが、うなじのあたりの肌も艶やかに思えた。

「いい加減にしてよ、なんか恨みでもあるわけ」

ここの大学のトップにタメロはどうかと思うが、ヒートアップした美冴は止まらないようだ。

「恨みなんかないわよ、ただプールを明け渡せって言ってんの」

「絶対に渡さない」

二人はだんだん興奮してきたのか、お互いの服を摑み始めた。

「やばい……！」

このまま暴力沙汰になったら、さらにややこしいことになると、恭平は慌てて駆けだした。

「まあまあ、二人とも落ち着いて」

スタート台を周り、反対側にいる二人の間に割って入る。

「なによあんたは」

「恭平、邪魔っ」

ボクシングのレフェリーのように争う二人の隙間に身体を入れるが、同時に服を引っ張られた。

「うわっ」

そのままバランスを崩した恭平の目の前には、きらめくプールの水があった。

「おわああ」

恭平の間抜けな悲鳴と共に、プールに大きな水柱が上がった。


「まったく昨日はひどい目にあったぜ」

翌日の晩、恭平は父親の車をN女子大に向けて走らせながら、一人ぼやいていた。

服のまま入水するはめになった恭平は、全身ずぶ濡れになったが、女子大に男物の着替えなどあるはずもなく、生乾《なまがわ》きのまま帰宅せざるを得なかった。

大学を出るまで女子大生たちにクスクスと笑われ、帰りのバスでは乗客たちに好奇の目で見つめられ、まさに赤っ恥をかいた。

「余計なことを、しようとするからよ」

明日香と歩夢はドライヤーでなるたけ服を乾かそうとしてくれたが、恭平を叩き込んだ張本人である美冴は、謝ろうともしなかった。

理事長の香奈子に至っては、水に落ちた恭平を一瞥《いちべつ》しただけで、

「邪魔が入ったわね。でも諦めないから覚悟しておきなさい」

と吐き捨てて出ていってしまった。

それでさらに不機嫌になった美冴のセリフが、余計なことをするなだった。

「まったく、俺はなにもしてねえのに……」

文句を言いつつも、恭平は専門学校時代に買った古いマッサージベッドを、明日香と歩夢のために車で運んでいた。それをN女子大のプールに置いて、二人の身体のケアに使おうと思っていたのだ。

折りたたみ式なので倉庫の隅《すみ》にでも立てておけば、邪魔にならないだろう。

「あっ、伺ってます。どうぞ」

守衛室に車を横付けして恭平の入館パスを見せると、いつもとは違う守衛がすぐに通してくれた。

このことは事前に美冴に伝えていたので、連絡を回しておくと言われていた。

「ありがとうございます」

恭平はそのまま車を走らせて、奥内プールに横付けする。

（けっこうまだ灯《あか》りが点《つ》いてるんだな……）

車を降りて校舎のほうを見ると、もう夜の八時を回っているというのに、まだ明るい窓がいくつもある。

高校を卒業して専門学校に進んだ恭平にはよくわからないが、N女子大には理系の学部もあり、そこの生徒は実験などで泊まり込みになることもあると、美冴が言っていた。

香奈子がプールを潰すことにこだわっているのは、その理系の施設を増設して学部を増やすという計画があるかららしい。

（まああの人なりに、理事長としての考えかたがあるのだろうな……）

海外のプロチームで、経営者側とチーム側の考えかたの違いから起こる軋轢《あつれき》を何度も見てきた恭平は、香奈子のことを完全に否定する気持ちにはなれなかった。

そんなことを考えながら、恭平はプールの建物の鍵を開けて中に入り、更衣室の前を通り過ぎてさらに奥にある倉庫に、畳んだ状態のマッサージベッドを入れた。

「ん？」

あとは施錠をして帰るだけだと思ったとき、プールのほうでなにか物音がした。

更衣室や倉庫はプールの底と同じ高さのフロアにあり、プールサイドに行くには廊下の奥にある階段を上らなくてはならない。

もちろんここからプールの様子を窺うことはできなかった。

(幽霊……？　まさか)

音はよく通るので、水をかき分けるような音がここまで聞こえている。

この時間は誰もいないはずで、だからこそ美冴から鍵を預かってきたのだ。

「ふ、不審者かも……」

幽霊でなければ侵入者がいるのかもしれない。

ただ恭平はマッサージは得意だが喧嘩はからっきしなので、恐ろしくてたまらなかった。

「どうしよう、このまま帰るわけにいかないし」

守衛を呼ぼうかとも思ったが、姿も見ていないのに大騒ぎすることもできない。

恭平は震える脚で、一段一段、プールの階段を上りはじめた。

「げ、ほんとに誰かいるよ……」

プールサイドに近づくにつれ、水を叩くような音がはっきりとしてきた。

中のプールの灯りは落とされているが、真っ暗ではない。いくつか小さな電球や非常口を示す灯りもあるので、薄暗いといった感じだ。

(どうか恐ろしいものじゃありませんように)

祈るような気持ちで階段を登り切った恭平は、開けっ放しの入口のドアに身を隠すようにして顔だけを出した。

「誰か泳いでる……女？」

プールにはわずかな水しぶきしか上がっていないが、薄明かりに照らされた水中に長い黒髪が揺れるのが見えた。

「女って……ますます幽霊じゃねえか……しかもここ、女子大だし」

長い黒髪の女といえば、まさに絵に描いたような幽霊だ。

しかし、ここまで来てちゃんと確認しないわけにもいかないと、怯《おび》えながらも恭平は入口から身を乗り出した。

「うおっ」

そのとき泳いでいた女がプールから上がってきた。

なにより驚いたのは、背中まであリそうな長い黒髪の女が、一糸纏わぬ姿だったことだ。

全体的にスリムな体型にすらりと長い手脚、形のいい乳房の先端にはピンクの乳首があり、そこからへそを通って漆黒の秘毛が繋っている。

「あれ……どこかで」

乳房や股間はともかく、肩の筋肉がよく発達した身体のシルエットに恭平は見覚えがあった。

「恭平さん……」

女のほうも、入口近くで固まっている恭平に気がついた。だが急いで身体を隠すこともなく、悠然とスタート台の上のバスタオルを取り、身体に巻いている。

「明日香ちゃん！　なにしてんの」

幽霊の正体は素っ裸の明日香だった。

正体を知った恭平はほっとするやら驚くやらで、その場にへなへなとへたり込んだ。

「ストレス解消に、たまにこうして裸で泳いでるんですよ。誰かに見られたのは初めてですけど」

入口の前に座り込む恭平の前に立ち、明日香はミネラルウォーターのペットボトルを差し出してきた。

バスタオルを身体に巻いているだけなので、根元近くまで晒《さら》されている両脚がなんともセクシーだ。

そして、恭平は床にお尻をついて見上げる形なので、チラチラと見える陰毛がまたたまらない。

「でもどうして、そんなに驚いているんですか」

カラカラの喉に水を流し込む恭平に、明日香は不思議そうに言った。

「どうしてって、灯りの消えたプールで女の人が泳いでたらびっくりするでしょ、しかも裸だし」

幽霊かと思ってびびっていたことは恥ずかしいから黙っておいた。

「あら、裸くらいで大げさですね」

切れ長の瞳を細めて、明日香はなんでもないように笑った。

普段は選手として見ているからあまり意識していないが、鼻筋が通って唇も整った明日香はかなりの美人だ。

実際に彼女が雑誌などで紹介されるときは、その実力への評価と同時に、水泳界一の美女などという見出しが躍っている。

「裸くらいって……」

ただ本人は自分のルックスのことになどあまり興味がないようで、今のように飄々《ひょうひょう》としているが、男に裸を見られることもあまりに気にしていないとは驚いた。

「別に大勢の前で裸にされたわけじゃないし。あっ、そうだ。泳いじゃったからマッサージしてもらえませんか？　ここで」

明日香はにっこりと微笑むと、身体に巻いたものとは別のバスタオルを持ってきて、プールサイドのゴムの床に敷いた。

「無茶言うなよ、だいたいどうしてここなんだよ。家に戻ってからでいいだろ」

今はオイルなども家に置いてきたままだし、それになぜこんな固い床の上でマッサージをして欲しいというのか理解できない。

「えー、いやなんですか？　じゃあヘッドに恭平さんに裸を見られたって言っちゃおうかな」

ヘッドとは美冴のことで、ヘッドコーチだと長いので彼女と歩夢はいつもそう呼んでいる。

舌を出していたずらっぽく笑う明日香は、いつものクールな表情とは別人のようだ。

「見たって、別にわざとじゃ」

言い返しながらも恭平は動揺していた。

選手たちと美冴の間でなにかやりとりがあったのかもしれない。

例えば、恭平に変なことをされたらすぐに報告しろとか。

（キレたら俺の話なんか聞かなさそうだしな……）

昨日、プールに叩き込まれた一件しかり、怒り狂う美冴が恭平の言い訳など聞かないだろうことは、容易に想像できた。

「少しでいいですから、お願いしまーす」

明日香は明るく言うと、自分の身体に巻いているバスタオルを取って、もう一度うつ伏せになった。

「お、おい、マッサージするにしてもどうして裸になる必要があるんだよ」

自由形の選手らしく、やや広めの肩幅、そこから見事な曲線を描いてくびれたウエスト、そして、小ぶりながらも丸く形のいいヒップ。

まるで芸術品のようなボディに見とれそうだが、そんな場合ではない。

「もちろん、恭平さんが歩夢にしてあげた気持ちよくなるマッサージを、してもらいたいからですよ」

顔だけを横に向けて明日香は、なにか当たり前のことのように言った。

「なっ……なんでそれを」

ようやく立ち上がった恭平だったが、驚きの言葉にまたへたり込みそうだ。

「私と歩夢はなんでも話す仲なんですよ。この前、歩夢が指だけでおかしくなるくらいイカされたって言ってたんです」

小悪魔的な笑顔で、明日香は横たわったまま見つめてくる。

この様子ではセックスをしたことも知られているようだ。

「もちろんヘッドには言ってませんよ。私たち二人の秘密です」

「当たり前だよ。美冴ちゃんが知ってたら、俺はここにいないよ」

怒り狂う美冴にどんな目に遭《あ》わされるか、もう想像さえしたくない。

「まったくどうせなら、歩夢ちゃんだけの秘密でお願いしたかったよ」

もう諦めの気持ちになって、恭平はうつ伏せの見事な裸体の横に膝をついた。

「しかし君たちはセックスのこととか、どういう風に考えてんの？」

とにかくストイックだった美冴に比べ、歩夢と明日香は妙に性に対して大らかな気がする。

「私たちだって人間ですから、したいときだってありますよ。でも水泳で日本にいなかったりするから、恋人も作りづらいし……。実はストレスが溜まる一方なんです」

そう言った明日香は、ここ数年は彼氏もいないと言った。

（一流には一流の悩みがあるんだろうな）

冷静に自己分析している明日香に恭平は少し感心した。

海外でもそうだったが、一流レベルの選手になると、頭もいい人が多かった。

「オイルの用意もしてないから、歩夢ちゃんと同じにはいかねえぞ」

まあ自分の性感マッサージが少しでも役に立てばと、恭平はゆっくりと明日香の腰を揉み始めた。

(決して美冴ちゃんにばれたくないからじゃないからな)

自己防衛のためではないと心の中で言い訳をしながら、恭平は剝き出しの形のいいヒップと太腿の境目あたりを丁寧に揉んでいく。

「そう言えばずっと気になってたんだけど、明日香ちゃんはどうしてN女子大に来たの。他からもスカウトがあったんじゃない？」

歩夢が明日香を追いかけてきたのは聞いたが、彼女がなぜ美冴のところに来たのかは知らない。

彼女たちが入学した頃にはもう前ヘッドコーチは退任していたのだから、他の大学に進むのが普通に思えた。

「私、三津村ヘッドの泳ぎに憧れて、本格的に競泳を始めたんですよ」

膝から太腿にかけてを丁寧にほぐしながらの質問に、明日香はうつ伏せのまま答えた。

「小学校のとき、親に無理矢理水泳を習わされてたんですけど、教室のみんなで見にいった大会で、泳ぐヘッドを見たんです」

顔も伏せたまま明日香は言う。

「身体が一直線になった人魚みたいな泳ぎ方がすごくて、私もこの人みたいに泳ぎたいって、ヘッドの出ている大会を録画して毎日プールで練習しましたよ」

彼女にしては珍しく声が熱を帯びている。

ストレスも溜まるのだろうが、基本的には彼女も水泳が大好きなのだ。

美冴から明日香へ水泳への思いが受け継がれているような気がして、恭平も少し嬉しい。

「だから他の大学に行くことなんか考えもしなかったですね」

「へえー、そう言えばフォームも似てるもんね」

会話を交わしながらも、恭平の手は徐々に太腿の内側に寄っていく。

「く……ん……」

親指をヒップの下側に押し込むと、明日香は鼻を鳴らして均整の取れた裸体を震わせた。

オイルがなくても性感帯を責めていく方法はいくらでもあるのだ。

「あっ、そこは、はあん」

ヒップのところから、性感のツボが多い内腿を揉んでいくと、明日香はすぐに色っぽい声を上げた。

普段は低い声でクールに喋《しゃべ》る彼女からは信じられないような、甲高い喘ぎ声だ。

(あれ、もう濡れてる)

内腿を揉むために少し開かせた両脚の間に、ピンク色をした秘貝が見える。

すでにうっすらとだが愛液にまみれ、薄明かりの中でヌラヌラと輝いていた。

(そこまで感じてるはずないのにな……)

いくら性感のツボを刺激し、向こうも乗り気だといっても、まだ始めたばかりだ。

それにしては愛液の量が多いように思えた。

(まさか最初から……露出癖があるのか……)

さっき恭平と遭遇したときの明日香の表情も、心なしか頬が赤らみ、妙に興奮した顔をしていた気がする。

もしかしたら裸で泳いでいたのも、誰かに見つかるかもしれないというスリルを楽しんでいたのか。

(まあ……あとから確かめてみるか)

今すぐに確認する方法もないので、恭平は内腿のマッサージに集中する。

もう両手で二本の脚をさすったり、指で押したりを繰り返していた。

「あっ、あああん、くうっ」

明日香の反応は見事なくらいで、うつ伏せのまま時折背中を反り返らせている。

内腿のすぐそばにある股間の愛液も量を増やし、淫らな香りが漂ってきた。

「あっ、はあん、恭平さん……これって性感マッサージですよね。ビデオとかで見たことがある」

赤らんだ顔を恭平に向けて明日香は湿った声で言った。

いつもは鋭さを感じさせる切れ長の瞳の目尻も垂れ下がり、唇も半開きになっているが鋭いところは鋭い。

「そうだよ。歩夢ちゃん以外には絶対に言うなよ」

もう気づかれているのならごまかす必要もないと、恭平は認めて、彼女の身体を表に返した。

ただ、あれこれと詮索《せんさく》はされたくないので、一気に感じさせるつもりだ。

「あっ」

手脚の長い美術品のような身体が上を向く。

乳房はEカップの歩夢ほどではないが、こんもりと形よく盛り上がり乳首も小粒で乳輪が狭い。

腰回りは引き締まっていて、へその周りにはうっすらと腹筋が浮かんでいた。

「真面目そうな明日香ちゃんが、こんなにエッチだと思わなかったよ」

手のひらでゆっくりと張りのある乳房をほぐし始める。

乳房を下から上へと揉みながら、恭平は目を閉じている明日香に声を掛ける。

「あっ、私だって女だもん、あっ、ああっ」

バスタオルの上の明日香が甲高い声と共に、腰を引き攣らせた。

言葉でコミュニケーションをとるのは性感マッサージの基本だが、それにしても明日香の反応がよすぎる。

(少し意地悪をされたほうが感じるタイプなのかな)

両の乳房をゆっくりと揉みながら、恭平は明日香の中に虐められて悦ぶマゾの気質があるような気がした。

「いや他の女性と比べてもかなりエッチだよ、乳首もすごく尖っているし」

身体を表に向けてから、ずっと天を突いて尖っているピンクの乳頭を恭平は少し強めに捻《ひね》ってみた。

「ひあっ、だめっ、あああん、やだ、ああん」

言葉に反応したのか、それとも乳首が敏感なのか、明日香は大きく唇を開いて両脚を引き攣らせた。

痛みはまったく感じていないようなので、かなり身体も昂ぶっているようだ。

「じゃあ続きは向こうでしようか、立って」

恭平は先ほどの疑問を確かめるべく、明日香の手を引いて立ち上がらせる。

「ああ……どこへ」

立ったものの、明日香は切なそうに両膝を擦り合わせている。

プライドが高いのか言葉や表情には出していないが、まだ触れられていない秘裂が刺激を待ちわびているようだ。

「ここに立って手をつくんだ」

プールサイドの向こうにある窓の前にまで明日香を連れていき、ガラスに手をあてるように恭平は命じた。

採光をよくするために、奥内プールの南側の壁は彼女の腰より少し高いくらいの位置の窓ガラスが一面に並び、向こうはグラウンドだ。

「ええっ、そんな。外から見えちゃう」

夜だからグラウンドに人はいないだろうが、周りには通路があるし、目のいい人間なら、さらに奥にある校舎からもこちらが見えるかもしれない。

プールの中は薄明かりに照らされているだけだが、恭平が指定した場所は数少ない電球の真下なので、比較的見えやすいのだ。

「ああ……そんな無理ですよ、誰かに見られたら」

明日香は腰をくねらせて嫌がっているが、どうも本気には見えない。

「いやなら今日はやめとこう。まあ日本代表の君がプールで喘いでいる姿を見られたら大変なことになるもんな」

わざと笑顔を浮かべて恭平は窓の外を見た。

もちろん言葉の意図《いと》は彼女のマゾ性を煽《あお》ることにある。

「ああ……ひどいわ恭平さん」

哀しげに言いながらも、明日香は前に出て窓に手をつき、ヒップを後ろに突き出した。

尻を出せとは命令していないのに自らやっている。

(やっぱり露出癖があるんだな)

彼女のちょっと変わった性癖に確信を持ちながら、恭平はプリプリとしたヒップの前に膝をついた。

逆Vの字に開かれた両脚の間にある秘裂を覗き込むと、すでに大きく口を開いている膣口からはさらに大量の愛液が溢れ、内腿にまで滴り落ちていた。

「いけない子だ……こんなに濡らして」

恭平は左手の指でクリトリスを転がしながら、同時に秘裂の中に右手の指を押し込んでいく。

「ああん、両方同時なんて、ああん、あああっ」

指が触れるとともに明日香は伸ばした長い脚を震わせて喘いだ。

媚肉の中は見事なくらいに蕩けていて、いきなり指二本を挿入してもあっさりと受け入れている。

「いやっ、ああん、音がしてる、はああん、あうっ」

歩夢のときと同じように恭平は膣内の色々な場所をこね回すように愛撫して、明日香の最も感じる場所を探していく。

指の動きが派手なので、大量の愛液を掻き回す音が静まりかえった夜のプールに響き渡った。

「アソコの音よりも声のほうを心配したほうがいいんじゃない、外に誰かいたら聞こえちゃうよ」

恭平はそう言いながらも、指の動きを激しくしてゆく。

媚肉は責めを歓喜するかのように指に絡みつき、愛液がさらに分泌されて手のひらまで流れてきていた。

「ひあっ、あああん、ひどい、恭平さんがたくさんするからなのに」

窓に指を立てたまま、明日香は恥ずかしがりながらもどうしようもないという風に、甲高い声でよがり続ける。

（それにしてもエッチな顔だな）

彼女の頭ががっくりと落ちたときに横から覗き込むと、いつものクール顔が完全に溶け落ちている。

整った唇は半開きになったまま甘い息を漏らし続け、切れ長の瞳もトロンとなっていてなんとも妖しげだ。

（気の強い一流アスリートの明日香ちゃんがここまで崩れるなんてな）

水泳の国際大会のスタート時でも、明日香はほとんど表情を変えないし、優勝してもあまり笑顔を見せない。

そんな彼女が目には涙さえ浮かべて喘ぎ狂っている。

そして、それは恭平の手によるものなのだ。

（やべ、ちょっと興奮してきた）

いつしか恭平も夢中になり、肉棒が固くなっていくのを感じていた。

（まあいいか、正式に依頼を受けての施術じゃないんだし）

マッサージが対象を相手に興奮するのは、たとえ性感マッサージであってもいけないことなのだが、恭平はあくまでプライベートの行為なのだと自分を納得させた。

それだけ恭平はこの美しい競泳選手に魅入られていたのかもしれない。

「あっ、はっ、そこ、だめっ、ああん、あああっ」

膣奥をまさぐっていた恭平の指が膣の中程、天井側に触れた瞬間、明日香は一際大きな悲鳴を上げて、下半身を震わせた。

彼女の一番の性感帯は膣奥ではなく、Ｇスポットのようだ。

「ここだね、明日香ちゃんの弱いところは」

恭平は指の腹で彼女のＧスポットをこねるように刺激していく。

「はあああん、それだめ、恭平さん、ああん、ああっ」

指の動きに合わせるように明日香は形のいい尻たぶを揺すり、淫らなダンスを躍っている。

媚肉がビクビクと動き、さらなる刺激を求めるように恭平の指を食い絞めてきた。

「ああっ、恭平さん、私もう、ああん、欲しい」

息を切らせる明日香は窓に手をついたまま顔だけをこちらに向けると、潤んだ瞳で見つめてきた。

「わかった。いいよ」

本当なら断るべきなのかもしれないが、彼女の性感をここまで煽り立ててしまった責任を取らないといけないような気がしていた。

恭平は指を濡れた秘裂から引き抜くと、身につけていたハーフパンツやTシャツを脱ぎ捨てた。

「すごい……歩夢に聞いてたけど立派ですね。でも嬉しい、私みたいな女で大きくしてくれて」

全てを晒した明日香はトランクスも脱いだ恭平に歩み寄ると、そっと肩に手を置いてしだなれかかってきた。

「なに言ってるんだよ、美人スイマーで有名なくせに。それに君の姿を見て、こんなに大きくなってるんだぜ、触れてもないのにさ」

恭平はすでに硬化して、亀頭を真上に向けて反り返る肉塊を指さした。

「私、歩夢みたいにおっぱいも大きくないし、恭平さんに魅力ないって言われたらどうしようかと思ってた」

目を細めた明日香ははにかんだ笑顔で恭平を見上げてきた。

今の可愛らしい笑顔は普通の女子大生で、普段の彼女とのギャップに恭平の興奮はますます深くなった。

「馬鹿だな」

彼女の驚くほどくびれた腰を抱き寄せた恭平は、唇を重ねていく。

「んんん……んん……」

ねっとりと舌を絡ませていくと、彼女もそれに応えて抱きしめあったまま、深くキスを交わした。

「明日香ちゃん、こっちへ」

窓際から移動して恭平はプールサイドに尻餅をつく形で腰を下ろす。

そして、明日香の手を引いて自分の開いた両脚の間に、お尻をこちらに向けて立たせた。

「そのまま、ゆっくり座るんだ」

恭平にリードされるがままに、明日香は腰を下ろしてくる。

真っ白でプリンとした尻たぶが恭平の顔の前を通過し、股間に反り返る肉棒の上に下りていく。

「こんな格好、あっ」

プールの水面のすぐ目の前で両脚を拡げた恭平の股間に、膝を折った明日香の股間が重なる。

背面座位で挿入が始まると、明日香は色っぽい声を上げた。

「どんどん入っていくよ、明日香ちゃん」

恭平は明日香の腰を持って支えながら、ゆっくりと繋がる。

「ああん、大きい、私の中……いっぱいになってます、あああん」

白い背中を何度も引き攣らせながら、明日香は身体を沈めていく。

野太い亀頭が濡れた媚肉をかき分け、最奥に向かっていった。

「あっ、あああん、奥に、はあああん、ああっ」

ほんとうに外まで聞こえるかと思うほどの絶叫と共に、膣奥に怒張の先端が食い込んだ。

股間同士がしっかりと密着し、まだ濡れている長い黒髪が恭平の目の前にきた。

「そうだよ、さっき大きいって言ってたチ×ポを全部呑んじゃったんだよ」

恭平は手を明日香の両腕に持ち替え、下から突き上げを開始する。

ドロドロの媚肉が逸物のエラや裏筋に絡みつき、快感で恭平の腰も痺れていく。

「あっ、あああん、はいい、ああっ、大きいので明日香のがいっぱいです、ああん」

「いつも練習してるプールでこんなに声出して恥ずかしくないの、明日香ちゃんは」

もうたまらないという風に喘ぐ明日香に恭平はさらに言葉嬲《なぶ》りも加える。

マゾっ気のある彼女にはただ肉体を感じさせるだけでなく、心に対する責めも行ったほうがより快感が深くなるはずだ。

「はあん、いやっ、あああん、恭平さんの意地悪、あああん」

いやいやをするように明日香は首を横に振った。

その動きに合わせて、形よく盛り上がる美乳がプルプルと横揺れした。

「素直じゃないな。じゃあこうしちゃおうかな」

後ろから手を伸ばして恭平は、ほとんど閉じたままの状態で膝を折っている明日香の両脚に手をかける。

そして、力任せに左右に引き裂いた。

「あっ、なにを、いやああ、だめっ、あああ」

長くしなやかな白い脚が左右に割り開かれる。

そのまま恭平は彼女の脚を自分の膝の上に乗せると、突き上げを再開した。

「ああん、ああっ、あああ、もっと奥に、くうん」

肉棒が食い込む股間で、体重のほとんどを受け止める形になった明日香は、もう呼吸を詰まらせて喘ぎだす。

そんな彼女の腕を摑んで、強く上下に揺する。

「はああん、いやっ、あああん、激しい、ああん、ああっ」

ぱっくりと口を開いたピンクの膣口に、どす黒くいきり立った肉棒が出入りする。

ヌチャヌチャと淫靡な音を立て、激しいピストンが繰り返されていた。

「すごい顔になってるよ明日香ちゃん、前を見てみな」

恭平は後ろから明日香の耳元で囁く。

「えっ、前？　あっ、いやっ、あああん、いやああ」

膣奥を突かれる快感に喘ぎ続ける明日香は、恭平の言葉に目の前に広がるプールの水面を見た。

「ああっ、映ってる、いやああ、あああん、ああっ」

ちょうど電球の光がうまく反射しているのか、薄暗いプールの水面に大きく股を開いて男根を受け入れている明日香の姿が映し出されている。

もちろんこれは恭平が狙ってやったもので、プールサイドぎりぎりまで移動したのも、背面座位の体位を選んだのも、明日香を辱《はずかし》めるためだ。

「ああん、こんなの、ああん、ああっ、ああっ」

マゾ性の強い明日香は恭平の狙い通り、言葉では嫌がりながらも性感をどんどん燃やしている。

媚肉はグイグイと肉棒に絡みつき、愛液が溢れすぎてピストンのたびにプールサイドの床に飛び散っていた。

「はあああん、おかしくなる、ああん、恭平さん、私、あああん」

もう明日香は感極まった声を上げ、ピンクに上気した美乳を揺らしながら喘ぎ狂っている。

大きく開脚させられた両脚も、内腿がビクビクと断続的に痙攣していた。

「こんなに恥ずかしい格好にさせられてるのにオマ×コ締めつけて、いやらしい子だね明日香ちゃんは」

「はあああん、はい、あああん、いやらしい子ですっ、明日香は」

細身《ほそみ》の身体を恭平の膝の上でくねらせ、明日香はよがり泣く。

「さっきも窓の近くに連れてかれて、オマ×コすごく濡らしてたよね。ほんとうは見られると興奮するんでしょ」

悶絶する明日香の耳元でさらに追いつめる言葉を恭平は囁く。

「あっ、ああっ、そうです、ああん、誰かに見られるかもと思って興奮してました」

めくるめく快感の中、もう明日香は隠しごとをする余裕もないのだろう、淫らな声を上げながら、ついに自分が露出の性感を得ていたことを認めた。

「悪い子だ、明日香ちゃんは」

「はいい、ああん、明日香は悪い子ですう」

明日香は全てのプライドを投げ捨てたかのように叫ぶ。

プライドの高い代表スイマーを自分の思うさまに喘がせていることに、恭平はさらに嗜虐心《しぎゃくしん》をくすぐられ、自身も性感を燃やしていく。

「もっと、好きに感じていいんだよ」

さらに腰を回して、明日香の最奥を亀頭でこねる。

「くううん、そんな風に、ああん、ああっ、気持ちいい、ああん」

美乳を躍らせながら、明日香も自ら腰を動かして快感を甘受している。

ドロドロに溶け落ちた媚肉が、エラや裏筋に強く擦りつけられ、怒張の根元が脈打って恭平も達してしまいそうだ。

「もっと強いのがいくよ、明日香ちゃん」

恭平は明日香の両膝に手を入れると、彼女の身体を後ろに倒させる。

白い背中を恭平に押し付けてもたれる形になり、肉棒の食い込む場所が、彼女の膣の天井付近に変わった。

「ひっ、ひあああ、だめ、恭平さん、あああん、そこは、はあっ、くううう」

両脚が大きく開かれた身体を痙攣させて、明日香はほとんど悲鳴のような声を上げる。

今、怒張の先端が食い込んでいるのは、Gスポットであり、彼女の最も弱い場所だ。

「くっ、あああん、だめっ、あああん、もうだめになるうう」

長い手脚をくねらせながら、明日香は呼吸を詰まらせ、うっすらと腹筋が浮かんだ腹部を波打たせ始めた。

（すごい……絞めてきた）

一流アスリートはここの筋力も強いのか、膣肉が強烈に肉棒を締め上げてきた。

水面を見れば、両脚をこれでもかと開き、普段は真一文字に結ばれている唇も大きく開ききって、白い歯やその奥にあるピンクの舌まで晒す裸の美女が映し出されていた。

（もうお互い、持ちそうにないな、一気に）

恭平は彼女の膝の裏を持つ手を上下に揺すり、引き締まった女体そのものを上下に強く揺する。

さらには自分も下からピストンして、先端を濡れたGスポットに擦りつけた。

「ああああっ、もうだめ、ああっ、イキますう、ああん、明日香イッちゃううう」

恭平に預けた背中を大きく弓なりにして、明日香は絶叫する。

形のいい美乳が弾け、開かれた白い内腿がビクビクと波を打った。

「ああっ、イク、あっ、あああああ」

絶叫とともに明日香の身体が痙攣し、同時に尿道口から一条の水流が吹き上がる。

Gスポットのエクスタシーの果てに起こる発作は明日香も例外ではなく、大きな弧を描いて目の前のプールの水面に降り注いだ。

「プールに潮《しお》を吹くなんて、だめじゃないか」

Gスポットを突きまくればプールに潮が飛んでしまうことはわかった上で、しているので、恭平は冷静に囁きかける。

「ああん、だめなのに、あああん、私、ああん、止まらない、ああん、イクのが止まらないよう、ああん、気持ちいい」

だめだと思えば思うほど明日香の快感は強くなるようで、どうしようもないという風に喘ぎながら潮を発射し続ける。

その表情は恍惚《こうこつ》としていて、至高の快感に悶え狂っているといった感じだ。

「ううっ、俺ももうだめだ」

潮吹きのリズムに合わせてギュウギュウと締まる媚肉に屈し、恭平も射精のときを迎える。

まさか日本代表の膣内に出すわけにいかないので、慌てて亀頭を引き抜いた。

「あっ、イクっ」

亀頭が抜けると同時に、精液が勢いよく飛び出していく。

膣肉の締めつけがきつかったせいか、出るというよりも吹き出した感じだ。

「ああっ、はああ、きゃっ」

明日香の身体は背面座位で恭平の膝に乗る形になっているため、抜け出た怒張の先端がちょうど彼女の顔面に向いている。

勢いよく宙を舞った精液は、整った美女スイマーの顔にぶつかった。

「あうっ、まだ出る、くうううう」

もちろん射精がすぐに終わるはずもなく、明日香はこんもりと盛り上がる乳房から頬に至るまで、白い粘液まみれになった。

「ご、ごめん」

射精して少し冷静になった恭平は慌てて明日香の身体をプールサイドに横たえた。

「大丈夫です……気にしないでください」

まだ絶頂の余韻が残っているのか、明日香はうっとりとした表情を見せながら、唇の周りについた精液を舌で舐め取っていった。

普段は絶対に見せることのない彼女の淫靡な顔に、恭平は改めて女のすごさを知った思いだった。

第四章　オイルにまみれた女理事長

「今日はみんな、ちゃんとメイクもして繰り出すわよ。恭平くんも楽しみにしてなさい」

いつもよりも三時間も早い時間に夕食の集合がかけられ、練習もそのあとのマッサージも大急ぎですませた恭平たちに、食卓の前で仁王立ちした晴那が鼻の穴を拡げて宣言した。

「私はいいよう、この子たちだけで」

ジャージ姿でご飯を食べながら、美冴は顔の前で手を振った。

「だめよ、年に一度のお祭りなんだから。今日は美冴ちゃんも浴衣《ゆかた》を着て、息抜きしなさい」

有無を言わせない口調でエプロン姿の晴那は言う。

今日はこの住宅地ができた頃から続いている夏祭りの日だ。

別に由緒あるお祭りというわけではないのだが、幼い頃は恭平も、そして美冴や晴那も夜店に繰り出すのが楽しみで仕方なかった。

「はいはい、わかったわよ」

呆れ気味に美冴が苦笑いしている。

晴那のこだわりようは半端《はんぱ》ではなく、手芸や裁縫が趣味の彼女は、今日の日に向けて自分も含めて四人分の浴衣を手縫いして用意していた。

相当なお金がかかりそうにも思うのだが、彼女たちの亡くなった母や祖母が若い頃に着ていたものを手直ししたものらしい。

特に美冴のために用意した浴衣と帯は、母親の一番のお気に入りだった物らしいから、思い入れも強いのだろう。

「はい、じゃあ恭平くんはいったんお家に帰って、一時間後に集合ね」

ご飯を食べ終えるなり、恭平は背中を押されて食卓のある台所から追い出された。


「おおっ、すげえ……」

約束の時間に三津村家の前に行くと、色鮮やかな浴衣姿の四人の美女が並んでいた。

すごいと言ったのは別にお世辞ではなく、無意識に出た言葉だ。

「なに言ってんの、調子がいいんだから」

紺地に金魚が泳ぐ可愛らしい浴衣を着た美冴が、少し頬を赤くして恭平の背中をばんばん叩いてきた。

「痛い、痛いって」

引退したとはいってもトレーニングは続けているという美冴の腕力は、普通の女性とは比べものにならず、恭平は本気で息が止まりそうだった。

「別にあなただけを褒めたわけじゃないでしょ、ねぇ」

白に草花が描かれた落ち着いた浴衣を着ている晴那が横から口を挟むと、隣にいる明日香と歩夢に同意を求めた。

それぞれ赤と黄色の浴衣姿の二人は、特になにも言わず微笑みながらうちわで自分を仰いでいる。

その目線は身体の関係を持って、お互いを深く知っているから別に褒めてもらわなくても恭平さんとは気持ちが通じているとでも言っているような、余裕を感じさせた。

「わっ、わかってるわよ、そんなことくらい。さっさと行くわよ」

さらに顔を赤くした美冴は先頭切って歩きだし、その後ろを皆がずらずらとついていく。

（よく考えたら、俺、四人のうち三人としてるんだよな……）

そう思っていると、明日香と歩夢が寄り添うようにして、恭平の隣を歩いてきた。

（近い、近い）

今のところ美冴は前を向いているが、選手二人と身体が触れる距離で並んで歩くところを見られたら、変な疑いを抱かれてしまうかもしれない。

三人と関係したことが美冴に知れたら最後、どんな目に遭わされるかわからない。

（勘弁してくれよ……）

恭平は身体を縮めるようにして、さりげなく後ろに下がっていく。

「きゃっ」

明日香と歩夢の浴衣に包まれた美しいヒップが見える位置まで下がったとき、背中になにか柔らかいものがぶつかった。

さらに後ろを歩いていた晴那の巨乳だ。

「あら、お姉さんと一緒がいいの？」

晴那はにっこり笑って恭平と腕を組んできた。

「ちょっ、ちょっと」

浴衣を着ていてもはっきりとわかる巨乳が腕に押し付けられるのは心地いいが、前の二人の選手の微笑みが妙に不気味だ。

「馬鹿じゃないの、早く行かないと夜店閉まるわよ」

そのさらに前で、美冴が立ち止まって唇を尖らせている。

「妬《や》かないの。うふふ、代わってあげようか」

意味ありげな笑みを浮かべて晴那は挑発的に言った。

「な、なに言ってんの。誰が恭平となんか」

赤い顔のまま美冴はまた前を向いた。

（ほんとに妬いてんのか……まあ違うか……）

暗い道路を照らす街灯の下でこちらを見ていた美冴は、酔っ払っているときよりも顔が赤いように思えた。

気の強い美冴の意外な顔に、恭平は首をかしげるばかりだった。


「私、次あれ食べる」

「あっ、私も」

現役選手の食欲は凄まじく、祭りの会場に着くなり、明日香と歩夢は片《かた》っ端《ぱし》から買い食いをしている。

さっき食事をとったばかりなのにどこに入るのかと思うが、二人は次々に平らげていき、いつの間にかいなくなってしまった。

晴那も町内会の人に挨拶にいくとかで、今は別行動だ。

「美冴ちゃんも、なにか食べる？　奢《おご》るよ」

二人っきりになってしまった恭平は、ずっと喋らない美冴との沈黙が重たくて、自分から声を掛けた。

「じゃあ、あれが食べたい」

「えっ、綿あめでいいの」

日頃、ビールばかり呑んでいるイメージの美冴だから、缶ビールとイカ焼きでもリクエストされるのかと思っていたら、意外にも甘い物だった。

「私が綿あめ食べちゃいけないの？」

不機嫌そうに唇を尖らせて、美冴は睨みつけてきた。

「いやっ、そんなことないよ、すぐに買ってきます」

こういうときの彼女はあまり刺激しないほうがいいことを、子供の頃からの付き合いの恭平はよく知っている。

慌てて財布を出した恭平は、綿あめを買って美冴に手渡した。

「ありがとう、うふふ」

ようやく笑顔を見せて美冴は綿あめを食べだした。

(少しは機嫌が直ったかな……)

楽しそうな美冴と並んで歩きながら、恭平は胸を撫でおろす。

(しかし、ほんとに綺麗だよな、美冴ちゃんは)

長い黒髪をアップにまとめ、白いうなじを見せている美冴は美しい。

切れ長のすっきりとした瞳に美しい唇、浴衣を着ていてもはっきりとわかるほどグラマラスなスタイル。

実際、すれ違う男性など振り返って見ている者もいた。

「ねえ恭平は恋人とかいないの？　向こうの女の人とか」

綿あめを手に持った美冴が横を向いて笑った。

笑うと見える白い歯すら可愛く見える。

「いないよ。いたら日本に帰ってきてないだろ、多分」

恭平は冗談交じりに言う。

「昔からモテないもんねー」

ケラケラと笑いながら美冴はまた綿あめをほおばっている。

「どうせね。美冴ちゃんはどうなんだよ、そっちはよくモテてただろう」

美人スイマーとして注目されていた美冴だが、美人過ぎて近寄りがたかったのか、それとも彼氏なんか作らないという気持ちがオーラになって出ていたのか、恭平の知る限り彼氏がいるという話さえ、聞いたことがない。

「ないない、私みたいな水泳だけの女、誰も相手にしないでしょ」

と言っても今は引退しているのだから、言い寄る男の一人くらいいても良さそうなのだが、美冴はあっさりと否定した。

「そうかな、俺が外国に行く前よりも、もっと綺麗になったと思うよ」

ほとんど意識せずに恭平は口にしてしまった。

自分でもどうしてかはわからないが、ほんとうに自然に言ってしまったのだ、ずっと姉弟のような関係の幼なじみに美しいと。

「な、なに言ってんの、馬鹿じゃないの、外国でお世辞でも勉強してきたの」

顔をあっという間に真っ赤に染めた美冴は、恭平の腕をばんばん叩いてきた。

どうやら恥ずかしくて仕方がないようだ。

「いてて」

腕をさすりながら、恭平は少女のように恥じらう美冴が可愛くてたまらない。

「ちょっと混雑してきたな」

イベントが行われている公園の中央部に近づいたからか、通路に人が溢れかえるようになった。

「美冴ちゃん、はぐれないで」

人をかき分けてさらに真っ直ぐ進めば大きな池があり、そこまで行けば人混みもましになるはずだ。

恭平は美冴の手を握り、人と人の間を抜けていく。

（あっ……）

ごく自然に美冴と手を握りあったことに気がついて、恭平はどきりとした。

慌てて後ろを見ると、美冴は真っ赤になった顔を伏せたまま素直についてきている。

「もう少しだから」

中央の広場を抜けると、ようやく人が少なくなってきた。

「あっ、恭平じゃん、日本に帰ってたんだ」

少しほっと息を吐いたとき、突然向こうから女性の声がした。

「あっ、先輩、ご無沙汰してます」

声の主は恭平の二つ上の先輩で、中学一年生で運動会の実行委員をさせられたときに、すごくお世話になった女性だった。

すでに結婚しているのか、浴衣を着た小さな女の子を連れている。

「あっ、美冴も一緒なんだ」

恭平の二つ上ということは美冴の同級生でもある。

この町に住む同世代の人間は、皆、保育園から中学まで同じ顔ぶれなので、関係も密接だし、道で偶然会えば話くらいは必ずする。

彼女は恭平の後ろに美冴がいることに気がついて近づいてきた。

「うっ、うん……久しぶり……」

美冴は振り払うように握っていた手を離して、恥ずかしそうにしている。

この先輩と美冴は仲が良かったように思うのだが、あまり喜んでいないように見える。恭平が外国にいる間になにかあったのか。

「へー！　恭平と一緒だったんだ。よかったじゃん、想いが叶ったんだね」

下を向く美冴を覗き込むようにしながら、先輩は笑った。

「想い？」

なんのことかわからず恭平は首をかしげた。

「えっ、だって二人は付き合ってるんでしょ。美冴は中学のときからずっとあんたのことが好きだったから、外国まで追いかけていけば、なんて会うたびに話してたんだけど……へー、一途《いちず》な想いって通じるもんなんだね」

「ち、違うの……、私たちは、そんなんじゃないから」

もう絵の具でも塗ったかのように赤面している美冴は、消え入りそうな声で言った。

「えっ、じゃあああんたたち付き合ってるわけじゃないの？　あ……まずいこと言ったかな私」

この先輩は気っぷがよくていい人なのだが、ズバズバとものを言い過ぎるところがあった。どうやら完全に美冴と恭平が恋人同士だと勘違いしていたようだ。

「じゃ、じゃあ、お邪魔虫は帰るわね」

ばつが悪そうにしながら先輩は子供の手を引いて離れていった。

「美冴ちゃん……」

ふと横を見ると、美冴は赤くなった顔を背《そむ》けたまま固まっている。

(どうすりゃいいんだよ……)

紺色の浴衣が映える美冴を見つめながら、恭平は呆然《ぼうぜん》と立ち尽くした。

「あれは嘘《うそ》だからね、あの子たちが勝手に言ってるだけなんだから」

人通りの多いところにいつまでも立っているのは迷惑なので、恭平と美冴は公園内の池の近くにあるベンチに移動していた。

夜店などはないが、灯りもあり、お祭りなのでそこそこ人通りもある。

ここに来るまでに夜店で缶ビールを買い、二人並んで暗い池を眺めて呑んでいた。

「もう、あの子はいつも……」

喉を鳴らして缶ビールを呑んだ美冴は、先ほどからずっと言い訳をしている。

「わかってるよ、何回も言わなくても」

ベンチにもたれかかって恭平もビールを口に運んだ。

正直、驚きが大きすぎて頭の中の整理ができていない。

幼い頃からの仲だが、恭平は美冴が自分のことを好いているなどと、一度も考えたことがなかった。

「うん……」

恭平が少し冷たく言うと、美冴は哀しそうな顔をして下を向いた。

また微妙な表情を見せる彼女に恭平の戸惑いがさらに大きくなる。

(でもあの先輩……嘘つくような人じゃないんだよな)

お節介焼きで口が過ぎるところがある人だが、いい加減なことを言う先輩ではない。

（しかも中学の頃から美冴ちゃんが、俺のことを好きだって言ってたような口ぶりだったよな）

先輩の話の内容から考えるに、美冴が自分のことを好きだと友人たちに伝えていたような感じだった。

水泳一筋で、オリンピックに出ることに全てを賭けていた美冴が、女友達には恭平が好きだと漏らしていたのかと考えると、もう心穏やかではいられなかった。

「でも嘘でもちょっと嬉しかったよ」

落ち込み気味の美冴に恭平は明るく言った。

ビールを呑んで少し酔った風にしているが、ほんとうはまったく回っていない。

「なに言ってんのよ、私みたいなの、女だなんて思ってないくせに」

もう恥ずかしさが限界にきているのか、美冴は恭平の肩を平手で叩いてきた。

「そんなことないよ。美冴ちゃんは今も昔もずっと綺麗だよ」

照れ隠しに暴れる美冴の両手首を摑んで恭平は、彼女の目をじっと見つめて言った。

すっきりとした瞳はクールな印象を受けるが、黒目が大きくどこまでも澄んでいて、心まで吸い込まれそうになる。

じっと見つめあったままなにも言わない美冴に、恭平はもう自分を抑えきれず、唇を重ねていく。

「あ……」

両手首を握る恭平の腕を振り払おうともせず、美冴はキスを受け入れた。

「恭平……」

唇をしっかりと重ねてから一度顔を離すと、美冴はぼそりと呟いて、身じろぎ一つしない。

恭平は再度唇を押し付け、今度はそのまま舌を入れようとした。

（えっ）

だがそのとき、けたたましい音が夜の公園に響いた。

「お姉ちゃんだ。どこにいるのか探してるって」

美冴のスマホにメールが着信していたようで、恭平は彼女の意外と細い手首から手を離した。

「行かないとな……」

「うん……」

お互いに照れてしまって顔を見合わせることもできずに、言葉を交わす。

もう少し一緒にいたかったが、メールを無視するわけにもいかず、二人はベンチから立ち上がった。

美冴とキスを交わしたことで、恭平は前以上に彼女を強く意識することになった。他の女たちとそれ以上の行為をしていると非難されたらそれまでだが、やはり幼い頃からずっと好きだった相手だけに、思い入れが違う。

キスをしたことで、自分はやっぱり美冴が好きなのだと自覚させられた感じだ。

「おはようございます」

今日も恭平は水泳部の手伝いをするべく、N女子大の守衛室の前でカードを見せて通ってゆく。

美冴のほうも意識しているようだったので、恭平が顔を出したら、頬を赤くして目を逸らしてしまうかもしれない。

そんな彼女を想像するだけでも、恭平は幸せな気持ちになれた。

「あっ、ちょっと待って」

もう守衛さんとも顔見知りなので、いつもはカードを出して顔を見合わせるだけで通り過ぎるのだが、今日はなぜか呼び止められた。

「理事長が君に来てもらってくれって。伝言を受けてるんだ」

年輩の守衛さんはわざわざ守衛室から出てきた。

「僕をですか？　ええっ」

理事長といえばこの前、美冴と胸を突きあわせて言い合いしていた美熟女の香奈子だ。

自分は歩夢たちに教えてもらったが、向こうは恭平の名前すらも知らないはずだ。その香奈子からなぜ呼び出しがあるのか。

「こんなことは珍しいんだけど、わざわざ理事長から電話があってね、水泳部のトレーナーの男性が来たら理事長室に一人で来るようにと伝えて欲しいって」

守衛の男性も不思議そうに首をかしげている。

「わかりました、とりあえず行ってみます」

理事長室の場所を教えてもらって、恭平はプールとは逆の方向に向かって歩きだした。


「どうぞ」

理事長室と札が掛けられた豪華な木の扉をノックすると、中から女性の声が聞こえてきた。

いた。

「失礼します」

入ると応接セットが置かれた広い部屋の奥に大きな机があり、香奈子が一人座っていた。

書類に目を通していたのか、メガネを掛けたままジロリと恭平のほうを見た。

美しく大きな瞳なのだが、眼力が鋭くて、邪《よこしま》な気持ちなど湧き起こらなかった。

「なんでそんなところに突っ立ってるの、ドアを閉めて入りなさい。あと鍵も閉めといてね」

「は、はあ」

どうして鍵まで閉めるのか理解できなかったが、とりあえず言われた通りにして彼女の机の前に立った。

「白崎恭平くん、二十七歳、海外のプロチームでマッサーの経験もあり。すごい経歴じゃない、どうしてあんなつぶれかけの水泳部の手伝いなんかしてんの」

今日は薄いピンクのスーツ姿の香奈子がイスから立ち上がって恭平のそばに来る。

スカートの膝が出るくらい短めの派手なスーツだが、美人でスタイルもいい彼女は充分に着こなしているように思えた。

「まあ、それは色々と事情がありまして」

ほとんど寄り添うような距離に立つ香奈子に恭平は声をうわずらせた。

背中がやけに寒いのは、とにかく彼女の威圧感が強いからだ。

「あの乱暴な小娘と幼なじみだからなのかな？　まあ今日来てもらった用件とは関係ないんだけど」

メガネを外して机の上に置き、香奈子は不敵に笑った。

通った鼻筋や大きな瞳がよく目立ち、女っぷりが上がったように感じた。

「ど、どうして僕をここに」

乱暴な小娘というのが美冴のことだというのはすぐに察しがついたが、そこには触れずに用件だけを尋ねた。

とにかくあまり長居をしないほうがよさそうだ。

「そろそろ本気でプールを潰して、学部を増設しようと思ってね」

真っ白な左手を恭平の肩に置きながら、香奈子は耳元で囁いてきた。

薬指に指輪は嵌《は》めていないから独身のようだが、この際関係ない。

「それは困りますけど……でもプールの話はヘッドコーチとしてもらわないと」

自分に話したところで何にもならないと、恭平は言った。

「関係はあるわよ。君の態度次第では今いる選手が卒業するまではプールを潰すのを延期してもいいかなと思ってるの」

　ほとんど唇が恭平の耳につくような距離で、香奈子は言う。

「僕の態度？」

「うふふ、性感マッサージだっけ、あの気位《きぐらい》の高いオリンピック候補さんをメロメロにするなんてすごいじゃない」

　香奈子がそう言い放ったのを聞き、恭平は息を呑んだ。

「どうして知ってるんですか……」

　外で聞かれていたのか、会話の内容まで知られている。

「あのプールには盗聴器が仕掛けてあるのよ。録音を聞いたら夜のプールでずいぶんと激しいことしてるじゃない、俄然、興味がわいちゃった」

　今日もTシャツにジャージのズボンを身につけた恭平の乳首のあたりを、香奈子は指でこね回してきた。

「そ、それって犯罪じゃあ」

「あら、あくまで防犯のためよ。それに自分の持ってる建物に盗聴器を置いてなにが悪いの？　土地も私の名義だし」

　一切悪びれもせずに、香奈子は恭平の乳首をTシャツ越しにいじり続けている。

「うっ、僕にどうしろって言うんですか」

なにを言っても相手のほうが一枚上手だと悟った恭平は、本題に入った。

乳首をいじる指がうまくて、危うく声が出てしまいそうだ。

「あなたの性感マッサージに興味が湧いたのよ、面白そうじゃない。私のアソコをそのマッサージでイカせてくれたらプールの解体は延期してあげる。ただし私はクリ以外でイッたことがないから、簡単じゃないわよ」

ようやく乳首から指を離して香奈子は笑う。

「わ、わかりましたよ。その代わり僕が理事長をイカせたら、盗聴器も外してください、それが条件です」

状況からして逃げられないのはわかっている。

ならば少しでもうまく立ち回るしかない。

「いいわよ、約束するわ。だから私にちゃんと膣イキを教えてね」

香奈子は恭平から少し身体を離すと、ジャケットを脱いで机の上に置いた。

ブラウスの中の巨乳は大きく前に飛び出していて、胸元が圧迫されてボタンが千切れ飛びそうだ。

「じゃあ下着になって……できればブラジャーも外してそこに横になってください」

「わかった、楽しみだわ」

香奈子はうきうきとしながら、スカートを脱ぎ、ブラウスのボタンを外していく。

ブラウスを取り去ると、中から黒のブラジャーに覆われた巨乳が露《あら》わになった。

レースのあしらわれたカップは乳首のあたりまでしかなく、柔乳の上の部分は完全に露出している。

お揃いのパンティも布が少ないデザインで、レースの向こうに生い茂る秘毛が透けていた。

「これでいい？」

特に躊躇《ためら》いもなくブラジャーも外した香奈子は、机の上に投げ捨てた。

一応乳首のところは片手で隠しているが、たわわな乳房が彼女の細腕で覆えるはずもなく、上から下から柔肉がはみ出している。

(それにしてもエロい身体してるなー)

彼女の肉体は乳房やヒップは豊満なのに、ウエストがぎゅっと締まっていて、グラビアモデルのようなスタイルをしている。

真っ白な肌は艶やかで、とても三十代後半には見えなかった。

「じゃあ、オイルを使いますけど、かまいませんか？」

今日は選手二人のマッサージをするつもりだったので、性感を高める成分は入っていないが潤滑用のオイルは持ってきている。

「いいわよ、教員用の更衣室にシャワーがあるから、あとで行けるし」

片腕で豊満な乳房を隠して立つ香奈子は、あっさりと言った。

彼女が頷くのを見てから三人掛けくらいの大きなソファーにバスタオルを敷く。

黒のパンティ一枚の香奈子は長い脚を伸ばして、仰向けに横たわった。

「では始めましょう、両手を降ろしてください」

淡々とした口調で恭平は言って、オイルを手の上で伸ばしていく。

ウォーミングアップ用の身体を熱くする成分が入ったものなので、自身の手のひらもカッカッしてきた。

「わかった」

照れくさい気持ちがあるのか、少し微笑みながら香奈子は両腕を降ろす。

ようやく解放された乳房が、色素が薄めの乳頭部とともにその全てをようやく晒した。

年齢を重ねているのにもかかわらず、あまり脇のほうには流れずに小山のように盛り上がる乳房だが、若い女にはない柔らかさも同時に持ち合わせたなんとも色っぽい巨乳だ。

（だいぶ熟した身体をしているし、おっぱいから始めても大丈夫か）

歩夢のときは、身体の裏側や太腿から徐々にほぐしていったが、香奈子に対してそれは行わず、いきなり性感帯に近い場所を刺激するつもりだ。

膣でイッたことがないのが悩みのようだが、彼女の肉感的な身体は充分に熟しているようだし、なにより性経験も豊富そうだ。

だからあまり回りくどいことはせずに、一気に性感を煽り立てていくつもりだった。

「じゃあ、まずはバストから」

声を掛けながら丁寧に巨乳を揉み始める。

下から上に柔らかい乳房をほぐすようにマッサージしていく。

「ん……」

肌に暖かみを感じているのか香奈子は少し小さな声を上げた。

まだ乳房を揉んでいるだけなのに漏れた声が妙に色っぽく、不感症というわけではなさそうだ。

（それにしても綺麗な肌だな……とても三十代後半とは思えない）

艶やかな乳房の肌には染み一つなく、いい意味で熟しているというか、手のひらに吸いついてくる。

彼女自身も努力しているのだろうか、お腹周《なかまわ》りや腕などがよく引き締まっているのが、さらに若さをアップさせている感じだ。

「あ……んん……そこは……」

乳房をほぐしながら、さりげなく乳頭部を手のひらで擦ると、香奈子の声のトーンが一オクターブ上がった。

美冴とプールで罵りあっていた人とは別人かと思うほど、可愛らしい喘ぎ声だ。

「痛かったりしたら言ってくださいね」

恭平は手のひらと指先に神経を集中させ、オイルまみれの乳房を責め続ける。

「あふ……ああ……くうん」

彼女が黒いパンティを纏った腰をくねらせ始めたのを確認し、両の乳首を同時に摘まみ上げた。

「ひゃっ、はああん、ああっ」

乳頭を刺激すると香奈子は白い身体と声を引き攣らせて喘ぐ。

「中でイッたことがないって言ってましたけど、すごく敏感な身体じゃないですか」

彼女の反応が上々であることを確認し、恭平はさらに乳首を摘まんで上に引っ張り上げた。

「中もまったく感じないわけじゃないの、イケないだけ……はあん、なにするの、あ あ、いやあん」

乳首が上に吊り上げられて、柔らかい乳房もそれについて伸びていく。

香奈子は会話もできなくなり、腰をガクガクと震わせていた。

「じゃあ、中のほうも見てみましょう」

恭平の言葉に、息を荒くした香奈子が頷く。

最後の一枚である黒いパンティを引き下ろすと、中から漆黒の陰毛に覆われた下腹部と少し口を開いた秘裂があらわれた。

「濡れないわけじゃないんですね」

上半身同様によく引き締まった両脚の間を覗き込むと、ビラのあまり大きくないピンク色の秘唇が見える。

その奥には充分に熟した膣肉が覗いていて、透明の愛液がたっぷりと溢れていた。

「クリトリスは感じるんですよね」

裂け目の上方にはこれも熟《う》れた木の実のようなクリトリスが顔を出していて、恭平は指の腹でそこを軽く刺激する。

「そう、クリはすごく感じやすいの、はあああん、それだめっ、あああ」

触れるか触れないかのタッチで、突起の上で円を描くように指を回すと、香奈子のよがり泣きがさらに強くなった。

「なるほど、中だけですか」

こんなに敏感なのにどうして膣内だけが、と首をかしげながら、恭平は左手の指でクリトリスを刺激しながら、膣内にも指を入れる。

「あっ、はああん、あっ、いいっ、あああん」

膣内に二本の指を入れ中を掻き回す。

ねっとりと愛液にまみれた膣内は大量の愛液にまみれていて、恭平の指を強く締めつけてきた。

「くうん、ああん、ああっ」

彼女の反応を見ながらクリトリスから左手を離し、膣内の愛撫だけにしていく。

「あっ、んん……あっ……ああ」

膣奥をゆっくりと指で掻き回してみるが、彼女の反応は明らかにクリトリスのときよりも悪くなった。

(感じるポイントが違うのかな……)

恭平は指を動かし、Gスポットのほうも責めてみるが、反応の悪さは変わらない。

「あっ、ああん、あっ」

香奈子は脱力して身を任せてくれていて、身体に余計な力《りき》みがある感じではない。

(でも感じる場所がアソコの中の意外な場所だけなのかも)

性感マッサージを教えてもらったときに、女性の性感帯は皆同じではないと言われた。

膣内だけに限ってもほんとうに人それぞれなのだ。

恭平は膣内を余すところなく、指で押したり擦ったりを繰り返していく。

「あっ、えっ、ああっ、はあああん」

彼女の表情を見ながら指を動かしていると、膣内の下側、直腸の方向の膣肉を指で押したときに、明らかに反応が変わった。

初めての快感なのか、香奈子の顔も戸惑っている。

(なるほどここか)

かつて海外で性感マッサージを施術していたときに、下側がポイントの女性に会ったことがある。

その女性から、一番感じる責めかたを聞かされ実行し、絶頂に追い上げた経験もあった。

「少し待ってください」

恭平は香奈子の中から指を引き抜き、傍らに置いていた自分のバッグからさっきのものよりも粘度の高いオイルを取り出す。

そして、右手ではなく左手の人差し指に塗り込んだ。

「身体の力を今よりも抜いてください、息を吐いて……そうです」

言われるままに香奈子が大きな呼吸をしたタイミングで、恭平は粘っこいオイルにまみれた左手の人差し指を挿入していく。

ただ場所は秘裂ではなく、その下にあるアヌスだ。

「ひあっ、そこは違う、ああっ、だめっ」

排泄《はいせつ》器官に指が侵入してきたことに香奈子は狼狽し、驚いて身体を起こそうとした。

「僕を信じて身を任せてください。ようやく理事長の感じる場所が見つかったんですから」

もちろんいきなり指を根元まで入れるようなことはせず、肛肉をほぐすように第一関節までを出したり入れたりする。

「ああ……でも……怖いわ、ああ……」

怯えながらも香奈子は頭を後ろに落として再び横たわって脱力した。

白く長い脚を手で押して広げさせた恭平は、その間に自身の身体を入れて、指をさらにアヌスの奥に押し入れた。

「はっ、あああん、なにっ、ああっ、なにをしているの、ああん」

根元までアナルに押し込んだ指を上に向け、腸内から膣肉を揺らすように動かすと香奈子は戸惑いの表情と共に快感の声を漏らした。

「お尻からアソコの中を愛撫しているんですよ。理事長は中でイケないんじゃなくて、普通の人と感じる場所が違うんです」

指を小刻みに動かして腸壁越しに膣内を刺激する。

「ああん、なにそれ、わけがわからない、ああん」

「こういうことです」

香奈子の反応が確かなものになったことを確認してから、恭平は右手の人差し指と中指を膣内に戻していく。

ここまで待ったのは、彼女がアヌスからの刺激で秘裂が感じていることを自覚するのを待っていたのだ。

媚肉を引き裂いた二本の指を、膣の下側に押し付けるようにして恭平はピストンさせた。

「ひああっ、なにこれ、あっ、ああん、ああっ」

だらしなく開いた白い両脚を震わせて、香奈子は大きく口を割った。

無意識だろう、腰が自然に持ち上がり上下にガクガクと揺れている。

「理事長は膣の下側に性感帯が集中しているんですよ。だから普通に奥を突かれてもイケなかったんです」

かつて恭平が施術をした女性もそうだった。

彼女から教わったのは、アヌスと秘裂の下側を挟むように責められるのが、一番、感じるということだ。

「ああっ、そんな、あっ、あっ、ああああ」

直腸と膣の間にある薄い筋膜を挟み込むように、恭平は両手をピストンする。

セピアの肛肉がめくれたりすぼまったりを繰り返し、膣奥からは大量の愛液が溢れ出してきた。

「あっ、ああん、私、あああん、すごく感じてる、お尻に指入れられてるのに」

さすがと言おうか、香奈子は戸惑いながらもしっかりと快感を貪っている。

腸肉と秘裂からヌチャヌチャと淫らな音を響かせながら、オイルまみれの巨乳を揺らし、白い身体を蛇のようにくねらせていた。

「ああん、もう、私、あああん、だめに、ああん、ああっ」

大きな瞳を潤ませて、香奈子は自ら限界を叫ぶ。

もう媚肉も腸肉も厚く溶け落ち、内腿が小刻みに震えだしていた。

「待って、お願い、まだイカせないで」

イク寸前といった風情の香奈子が、慌てて身体を起こして恭平の両腕を摑んできた。

「ねえ……初めて中でイケるのに、指じゃ悲しいわ。あなたのでイカせて」

香奈子は大きな瞳を少し潤ませ、汗まみれの顔を恭平に向けてきた。

その表情は、きつい女理事長の面影はなく、甘さを伴った女の顔だった。

「わかりました」

こんな切なげな顔でお願いされて、断れるほど恭平は人間ができていない。

また普段は鬼のような理事長が唇を半開きにして目を蕩《とろ》けさせて、自分に頭を下げているという状態が、恭平の嗜虐心に火を点けていた。

「ああ……ありがとう……嬉しい」

子供のような顔で微笑む香奈子を見ながら、恭平は全ての服を脱ぎ捨てた。

「きゃ、大きいのね」

全裸になった恭平の逸物を見て、香奈子は目を丸くしている。

「はあ、まだこれでも半勃《はんだ》ちくらいですけど」

「そうなの、じゃあ私がちゃんと大きくしてあげるわ」

香奈子の女らしい姿にあてられてはいたものの、マッサージに集中していたのでさすがに完全勃起とまではいっていない。

オイルまみれの身体でソファーに座ると、香奈子は肉棒にしゃぶりついてきた。

「あっ、理事長……くうう」

熟し切った香奈子のフェラは相当にねっとりとしていて、唇でエラを包み込みながら、舌で裏筋を擦り上げてくる。

「んん……んん……ん」

声を上げる恭平を上目遣いで見つめながら、香奈子はカールのかかった髪の毛を揺らし、頭を振り始めた。

身体を起こしても、ほとんど垂れた感じのしない巨乳も彼女の動きに合わせて弾んでいた。

「ああっ、そんな風に、くううう」

男の弱点を知り尽くしたような激しいフェラに、恭平の愚息はあっという間に硬化していった。

ともすればもうカウパーまで溢れ出しそうだ。

「すごいわね、大きいし固いし、大したものだわ」

一度、亀頭を吐き出して、舌先で尿道口を軽く舐めながら香奈子は微笑んだ。

舌の動きや強さも絶妙で、恭平は自然と腰を震わせた。

「うっ、もう入れましょう。今日は理事長に感じてもらうのが目的なんですから」

名残惜しいが恭平は肉棒を後ろに引いた。

「うふふ、ありがとう。でもあなたも気持ちよくなってね、私、後から飲んでも避妊できるお薬持ってるから、気にせずに中で出してね」

にっこりと笑って香奈子も肉棒から手を離した。

「わかりました。じゃあそこに手をついてお尻を突き出してください、そのほうが理事長の気持ちいい場所にあたりやすいですから」

大きなソファーの背もたれを指差して、恭平は言った。

「こうかな、でも恥ずかしいわ、なにもかも丸見えだから」

九十度に腰を曲げて背もたれに手を置き、形のいいヒップを後ろに向けた香奈子は、少し頬を赤らめている。

ただ恥ずかしさよりも快感への渇望が上回っている様子で、真っ白な尻たぶが絶えず横にくねっている。

「いきますよ」

恭平は染み一つない桃尻を摑むと、濡れた媚肉に怒張を押し込んでいった。

「あっ、はああん、すごいわ、ああん、ああっ」

肉棒の侵入が始まると、香奈子は早速艶のある声を上げ、肩幅くらいに開かれた両脚を震わせた。

さらに濡れた媚肉をかき分けて亀頭が押し込まれると、声がさらに大きくなる。

「あっ、他のところも、ああん、敏感になってるみたい」

ソファーの背もたれをぎゅっと握りしめ、香奈子は顔だけを後ろに向けた。

もう瞳は完全に蕩け落ち、唇はだらしなく開いて歯が覗いていた。

「膣がどんどん目覚めていっているのですよ。でも本番はこれからですよ」

さらに彼女を追い上げるべく、恭平は肉棒の反り返りを利用して、彼女のポイントである腸側の膣肉に亀頭を擦りつけた。

「ひあああ、だめっ、ああん、そこ、ああん、ああっ」

下の膣壁をこれでもかとピストンすると、香奈子は切羽詰まった声で喘ぎ、自ら腰をくねらせ始める。

「ああん、たまらないわ、あああん、すごい、大きいのが私を抉《えぐ》ってる」

白い背中が何度も引き攣り、細身の身体の下でたわわな乳房が釣り鐘のように揺れて、激しくぶつかりあう。

（うっ、すごい締めつけ……）

彼女の昂ぶりを証明するかのように媚肉が脈動し、亀頭のエラに絡みついてくる。

ピストンを繰り返すたびに亀頭からとんでもない快感が湧き上がり、恭平も立っているのが辛くなるほど膝が震えた。

「ああん、私、ああん、おかしくなってるわ、あああん」

快感に全てを委《ゆだ》ねるように、香奈子は激しくよがり泣く。

白い肌はピンクに染まり、全身から牝の匂いがまき散らされていた。

「おかしくなってください。男も女もセックスのときはおかしくなっていいんです」

激しいピストンを繰り返しながら恭平は、右手の人差し指を香奈子のアナルに押し込んだ。

「ひあっ、だめえ、そこは、ああん、ああっ」

オイルにまみれていた肛肉はあっさりと指を受け入れる。

根元まで押し込んだ人差し指を膣側の腸壁に押し付けた。

「ああっ、死んじゃう、あああん、ほんとにおかしくなっちゃう」

人差し指にも壁を隔《へだ》てた亀頭にも、お互いにぶつかりあう感触がある。

一番感じる場所を挟まれながらのピストンに、香奈子は外まで聞こえてしまうのではないかと思うような雄叫びを上げた。

「ああっ、もうだめっ、あああん、イッちゃう、ああん、すごいのが来るぅ」

戸惑いと喜びが半分半分といった感じの顔を香奈子は後ろに向けてきた。

「イッてください、初めてのオマ×コイキです」

卑猥な言葉で責め立てながら、恭平はとどめとばかりに怒張と指を突き立てた。

「ああっ、イク、オマ×コイキしちゃうっ、あああん」

絶叫と共に腰を折った身体が痙攣し、白い背中が反り返る。

身体の動きが激しすぎて、たわわな乳房が千切れるかと思うほど、躍り狂っていた。

「イクうううううう」

突き出したヒップが波打ち、香奈子がガクガクと頭を震わせた。

同時に媚肉が強烈に恭平の亀頭に絡みついてきた。

「ううっ、僕もイキます、くううう」

限界を迎えた肉棒が脈打ち、熱い精が放たれる。

彼女の膣肉に搾り取られるように、精液が奥に向けて打ち込まれていった。

「すごい、ああん、イキながら出されるの、初めて、ああっ、お腹まで気持ちいい、ああん」

歓喜に震えながら香奈子は、ソファーの背もたれを握りしめて艶のある声を上げ続けた。


「あの……約束は守ってもらえるんですよね」

イキ果ててぐったりとした香奈子をソファーに座らせ、恭平は恐る恐る尋ねた。

「わかってるわよ、その代わり」

上も下もいろんな液体にまみれて輝く身体を、香奈子は前のめりにしてきた。

「たまにこれを使わせてもらうからね」

淫靡な笑みを浮かべた香奈子は、射精を終えてだらりとしている恭平の肉棒をしっかりと摑んできた。

第五章　晒された関係

「だいぶ柔らかくなってきたね」

今日も恭平はN女子大のプールに朝から赴《おもむ》き、明日香と歩夢の練習を手伝っていた。ウオーミングアップのストレッチのため、プールサイドにマットを敷き、その上に寝そべった歩夢の右脚の足首を持って、筋を伸ばしていく。

「はい……ありがとうございます」

顔を歪めながらも歩夢は左脚は真っ直ぐに伸ばしたまま、右脚だけを大きく開いていく。

もちろん痛みが伴うのだが、股関節を柔軟にしないと即故障に繋《つな》がるので、ストレッチに手は抜けない。

「もっと開くよ」

「はいっ、くうう」

ムッチリとした太腿がさらに大きく開き、内腿の筋が張っているのが見た目にもわかる。

歩夢は顔を歪めながらも懸命に耐えていた。

（あっちは余裕か）

すぐ傍《かたわ》らでも明日香が、美冴の補助でストレッチを行っているが、こちらはほぼ問題なく股関節が開いている。

子供の頃から身体は柔らかいと言っていたから、これも才能の一つだろう。

「あっ、くううう、ううっ、はあん」

身体が硬い歩夢は時折、変な声を上げる。

競泳水着だけに覆われた股間が晒されているので、変な声を出されると恭平も妙に意識してしまう。

肉体関係をもっているからかもしれないが、ムチムチの下半身を震わせる彼女もなんだか色っぽい。

「はい、もう少し頑張ってね」

ただトレーナーがこんな調子では問題なので、恭平はなるべく視線をプールのほうに持っていきながら、彼女の脚を開き続けた。

「ちょっとお邪魔するわよ」

そんな恭平の背後から、よく通る女性の声が聞こえてきた。

振り返ると、入口のところに白いスーツ姿の香奈子が立っている。

（やべ……）

目を合わせると態度に出てしまいそうなので、恭平は慌てて顔を背《そむ》けた。

香奈子との関係を美冴に知られたら、なにをされるかわからない。

それでなくともあのキス以来、お互いに意識してしまっていて、微妙な関係が続いているのだ。

「練習中よ。勝手に入ってこないで」

美冴が早速けんか腰で前に出てゆく。

そこに裸足の香奈子が歩いてきて、二人の巨乳が突き合う形になった。

「相変わらず、口の利き方がなってないわね。まあいいわ、今日はあなたにいい話よ」

「期待持たせてくれるじゃない、がっかりしないといいけど」

お互いになにやら意味ありげな笑顔で向かい合っている。

明日香も歩夢も呆然と見守っているだけで、恭平に至ってはもう逃げ出したい思いだ。

「そこのオリンピック候補さんが卒業するまでは、プールを解体するのは棚上げにしてあげるわ。これは理事長として確約よ」

口元は微笑んでいるが、目は一切笑わないまま、香奈子ははっきりと言った。

「へー、それは確かに嬉しい話だけど、どういう風の吹き回しかしら。明日香をダシにして寄付金集めでも始めるの？」

同じような表情の美冴がTシャツの胸元を大きく膨らませる巨乳を、香奈子に向けてさらに突き立てるように歩み出る。

あれだけ激しく揉めていたのに、いきなり潰さないことを保証してやると言われても、にわかに信じられないのは当然だ。

「おかげさまで運営資金には困ってないわ。プールを維持することにしたのはそこの彼がいい仕事をしてくれたおかげよ」

香奈子も負けずに胸を張ったまま恭平のほうをちらりと見た。

「恭平が？」

いぶかしげに眉にしわを寄せて、美冴が恭平を見た。

その目を見ているだけで恭平は恐ろしくて、身体を小さくした。

「そうよ、あんたは使ってないの？　これを。だめな女ね」

にやりと笑った香奈子は立ち尽くしている恭平につかつかと歩み寄り、いきなり股間を摑んできた。

「あうっ」

ジャージ越しではあるがいきなり肉棒を握られ、恭平は前屈みになる。

「ちょっと、恭平となにをしたのよ。それに仕事ってどういう意味よっ」

当然、納得のいかない美冴は香奈子にくってかかる。

「どんなお仕事してくれるのかは、そこのオリンピック候補さんにでも聞いてみたら。じゃあ私は会議があるから行くわ、またね恭平ちゃん」

香奈子は言いたいことだけ言うと、恭平に投げキッスをして颯爽《さっそう》と歩いていった。

「ちょっと恭平、明日香、どういうことか説明してもらおうかしら」

ドスの利《き》いた恐ろしい声で、美冴は額に青筋を立てて言った。

「それで歩夢と明日香と関係をもったあと、あの女ともプールの維持と引き替えにセックスをしたと」

プールサイドに仁王立ちの美冴は腕組みをして、ゴムの床に正座をする恭平、明日香、歩夢の三人を見下ろして言った。

ごまかしても無駄だと、すべてを話した恭平を、美冴はまさに般若《はんにゃ》のような顔で見下ろしている。

子供の頃からの親分と子分のような関係性もあるおかげか、恭平はもう言い訳をすることもできなかった。

「私は恭平さんに勇気をもらったんですっ。おかげで国体の代表にもなれましたし」

恭平の隣で水着姿のままで正座している歩夢が自分の胸に手を当てて言った。

彼女は懸命に恭平を庇《かば》おうとしている。

「私もすごく心が軽くなりました。恭平さんのおかげです！」

明日香も珍しく大きな声を出して腰を浮かせ、懸命に訴えている。

「ふーん、で、恭平はなにか言い訳しないの？」

二人の声にも美冴は怒りの表情を一切変えず、恭平を睨みつけてきた。

「なにもありません」

正座したまま恭平はうなだれた。

一度キレてしまったら、もうなにを言っても無駄だということを、恭平は経験で知っている。

「性感マッサージかなにかしらないけど、選手に手を出したら許さないって言ったよね」

下を向く正座の恭平の前にしゃがみ、美冴は顔を覗き込んできた。

海外で性感マッサージを学んだことも、その技術で香奈子をよがらせたことも、すべて自白させられていた。

「この大馬鹿ものっ」

叫ぶと同時に強烈なビンタが飛んできた。

「ぐっ」

右の頰に激痛が走り、恭平は横にひっくり返りそうになる。

下手な男よりも強い力でビンタされて脳が揺れたところに、もう一発反対側から手が飛んできた。

もう正座もしていられず、恭平はその場にへたり込んだ。

「プールから出ていけ」

強烈な往復ビンタにくらくらする恭平の首根っこを摑み、美冴は出入り口に引きずっていく。

（えっ、涙……）

ぼやけた意識の中で美冴の顔を見ると、怒りに真っ赤になった頬を一筋の涙が伝っていた。

「二度と来るな」

戸惑うまま、ドアのところまで引っ張ってゆかれた恭平は、階段の下に蹴り落とされた。

「あれは他の女としたことに対する怒りの涙だったのかな」

仕方なしに自宅に戻った恭平は居間のソファーに横たわり、ぼんやりと天井を見つめていた。

まだ頭はふらつくし、階段から落ちたときに打った腰も痛いのだが、恭平が気になっているは、美冴のあの涙だ。

選手の二人と肉体関係を持つというモラルに反する行為に、美冴が怒っていたのはもちろんだろう。

だがあの強気な彼女が涙まで流したのは、他の思いがあるように思えた。

「もう……遅いのかな」

せっかく自分のほうを向きかけていたように思えた美冴の心が、また遠くに離れていくような気がして恭平は寂しかった。

(結局、俺は今も美冴ちゃんのことが好きなんだ)

この辛さは美冴を想う気持ちが過去のものではないからこそだと、恭平は改めて自覚していた。

だが失った心は、帰ってこないのかもしれない。

「恭平くん、いるっ?」

悲しい思いに恭平も少し泣きそうになったとき、玄関のほうから晴那の声が聞こえてきた。

「あらら、ずいぶん派手にぶたれたわね、可哀想に」

玄関を開けて居間に招き入れると、Tシャツにジーンズという、珍しくスカートを穿《は》いていない晴那が恭平の頬を撫でてきた。

「さっき明日香ちゃんから、大変なことになったってメールが送られてきて、心配で来たの」

居間のソファーに座りながら、晴那は優しく言った。

どうやら事情はすべて伝わっている様子だ。

「自業自得だから、仕方がないよ」

彼女の隣に腰を下ろしながら、恭平はため息を吐いた。

「でも正式な彼女でもないのにヤキモチ妬いてビンタなんて、我が妹ながらひどい子よね」

唇を尖らせた晴那はまた恭平の頬に軽く触れた。

痛みの残る顔に彼女の温もりが染みこんでくるようだ。

「美冴ちゃんの気持ち、晴那ちゃんも知ってたの？」

「そりゃ姉妹だもの、話なんかしなくてもわかってるわよ。恭平くんもでしょ」

さすがと言おうか、晴那は美冴の気持ちも恭平の思いもすべてお見通しだったようだ。

恭平はなにも言わずにただ頷いた。

「ねえ恭平くん、あんな乱暴なところがある子だけど、恭平くんを好きな気持ちは本物だと思うの。あなたはどう？　殴られた今でも好き？」

恭平はまた無言で頷く。

いくら怖くても、子供の頃からずっと好きだった人なのだ。

「わかった、あとのことは私に任せて」

晴那は恭平の目をじっと見つめたまま、力強く言った。

翌朝、朝早くに晴那から電話があり、三津村家に呼び出された。

居間に入ると、晴那と美冴、そして二人の選手が車座に座っていた。

「おはようございます」

頭を下げて美冴の顔を見ると、ぶすっとして目を逸らしている。

晴那は任せろと言っていたが、怒りが収まっているわけではないようだ。

「恭平くんもそこに座って」

晴那に言われ、恭平は歩夢の隣に座る。

ちょうど正面でジャージ姿の美冴と向かい合う形になった。

「美冴ちゃん、いつまでもふてくされてないの」

「別にふてくされてなんか……。私はそこの最低男の顔を見たくないだけよ」

勢いのいい美冴にしてはブツブツと低い声で呟く感じだ。

なにか晴那に言われたのか、仕方なしにここにいるといった様子だ。

「さっきも言ったでしょう美冴ちゃん。恭平くんはあなたと付き合ってるわけじゃないんだから、誰かとエッチをしたからって怒るのは筋違いよ」

諭《さと》すように晴那は隣で横を向いたままの妹を叱る。

「だからって私の選手に手を出すことは許されないでしょ」

ようやくこちらを向いた美冴だが、眉を吊り上げる彼女の顔が怖くて、今度は恭平が直視できなかった。

「私たちは恭平さんに無理を言って、エッチで力をつけてもらったんです。だから県代表にもなれたんです」

隣で歩夢が腰を浮かして、懸命に恭平を庇《かば》ってくれた。

「そんなことで力や勇気がつくわけないでしょ。卑猥なことをして、それでリラックスできて記録が上がるなんて、信じられないわ」

美冴も負けじとお尻を浮かせて反論し始める。

性感マッサージでイクことでリラックスできるというのは、海外の他の施術者からも報告されている事例だ。恭平としては納得できなかったが、下手に言い返そうものなら、火に油を注ぎそうなので黙るしかない。

「そんなだから……あなたはいつまでたっても処女なのよ」

興奮する妹を見つめながら、ふいに晴那がため息を吐《つ》いて言った。

「えっ」

いきなりの発言に、エキサイトしていた歩夢も美冴も硬直している。

もちろん恭平も口が開いたままだ。

「そっ、そんなこと、今は関係ないでしょ」

怒りに紅潮していた顔をさらに赤く染めて、二十八歳の美冴は狼狽えている。

（美冴ちゃん、ヴァージンなのか……）

自分が海外に行っている間に恋人の一人でもいたのではないかと思っていたから、これには驚きだった。

「処女のあなたが、エッチして記録が伸びる人のことがわかるはずないわよね。なのにどうしてそんなにムキになって否定するの？」

「それは……でも私は」

美冴は浮かしていたお尻を畳の上に降ろし、ごにょごにょと小声でなにかを言うだけだ。

さっきまでの勢いは微塵《みじん》もない。

「ヘッドも前に気持ちのコントロールは人それぞれだから、自分のやりかたを見つけるしかないって言ってましたよね。私は快感の中で気持ちを解放することで、オリンピックに出るのが当たり前というストレスが少し楽になるんです」

今度は明日香がしっかりとした口調で言った。

常に注目を浴び続ける選手である明日香の重圧がどのようなものなのか、恭平には計り知れない。

だが彼女の言葉にはなにか重みがあった。

「明日香……」

さすがの美冴もこれにはなにも言い返せないようで、じっと黙り込んでしまった。

「でも美冴ちゃんが怒ってる理由はもう一つあるよね。要は大好きな恭平くんが他の女性としてたのが、腹が立って仕方ないんでしょ」

晴那は意味ありげに笑うと、とんでもないことを言い出した。

「ばっ、馬鹿言わないでよ、恭平なんて、そんな」

静かだった美冴が必死で手を振って否定した。

さっきまでとは違う意味で声が大きくなっている感じだ。

「そう、なら恭平くんは私がもらうわよ」

さらりと晴那は狼狽する美冴に向けて言った。

晴那との関係までは、確か美冴は知らないはずだから、もしばれたらと思うと恭平は気が気でない。

「それなら私も立候補します」

歩夢が満面の笑みで恭平の腕にしがみついてきた。

隣では明日香が薄く笑いながら、美冴と恭平を交互に見ている。

どうやら彼女たちも恭平や美冴の気持ちに気がついていたようだ。

「だめよそんなの！　勝手に決めないでっ。ちょっと、恭平もなにニヤニヤしてんのよ、離れなさい」

慌てて叫んだ美冴だったが、自分が言ったことにはっとなって、真っ赤に染まる顔を伏せ、畳にへたり込んだ。

直接言葉にしていないにしても、美冴も恭平のことが好きだと認めたも同じだ。

（よかった、本気で嫌われてなくて……）

あの祭りの日からなにも進展がなかったし、今回のこともあって完全に美冴の気持ちが醒めてしまったのかと恭平は思っていた。

だから今の照れまくる美冴が、愛《いと》おしくてたまらない。

「まったく素直じゃないんだから」

晴那がぽんと肩を叩くと、美冴はさらに頭を落としていく。

美冴の気質からして、あまりの恥ずかしさに死んでしまいたいと思っているのかもしれない。

「だって……理解できないもん……どうせ処女だし」

負けず嫌いの性格がここでも顔を出しているのか、美冴はまだブツブツと文句を言っている。

「じゃあこういうのは？　明日香ちゃんと歩夢ちゃんが国体で実績を残したら、恭平くんがしてきたことを認めて、あなたももう少し素直になる。どう？」

晴那の言葉に、美冴はなにも返事をしない。

気の強い美冴が言い返さないということは了承したのか。

「いいよねっ」

強い口調で晴那が念を押すと、美冴は赤い顔を一度だけ縦に振った。

そのあとの話し合いで、明日香は国体優勝、歩夢は表彰台に乗ることが、条件となった。

明日香は特に表情を変えなかったが、歩夢はどうしようかと頭を抱えていた。

県予選でどうにか勝利した歩夢が、全国から速い選手が集まる国体で勝利するのは難しい。

ただ、国体の直前に海外で大きな大会が行われるらしく、オリンピッククラスの選手たちは欠場するか、出てもコンディションは上がっていないはずだと美冴が言っていた。

それは歩夢にとってかなり有利な条件だが、同様に海外にいく明日香にとっては不利なことこの上ない。

なにしろ明日香はレースの前日に帰国して、その足で国体が行われる県に移動することになるからだ。

「俺も大仕事だな」

自宅に戻った恭平はベッドに横たわり、自分の右手をじっと見つめた。

歩夢の体調管理もだが、明日香のコンディションをなるべくベストに近づけるには、恭平のマッサーとしての技量が問われるのだ。

己のためにとは思っていないが、いろいろと気遣《きづか》ってくれた晴那や二人の選手の気持ちに報《むく》いるためにも、一世一代の施術をするつもりだった。

「素直になる、か……」

話し合いの最中も終わってからも、美冴とは一度も会話を交わさないどころか、目が合っても彼女が逸らしてしまった。

明日香と歩夢が条件をクリアしたとしても、自分と美冴がどうなっていくのか、恭平にもわからなかった。

「とにかく今は精一杯のことをしよう」

すべては国体が終わってからだと、恭平は右手をぎゅっと握りしめた。

「恭平くん、いるー」

決意を固めたそのとき、いきなり部屋のドアが開いて晴那が入ってきた。

「ちょっ、晴那ちゃん、どこから」

スカートにブラウス姿でドアの前に立つ晴那に、恭平は驚いてベッドから飛び起きた。

「あ、恭平くんがいないときになにかあったら困るからって、おばさんに鍵を渡されてたの。聞いてなかった？」

土産物《みやげ》のキーホルダーがついた母親用の自宅の鍵を、晴那はブラブラと手で持って揺らしている。

「聞いてないよ」

また言い忘れたのかあの母親はと呆れながら、恭平はベッドの縁に腰掛けた。

「でも晴那ちゃん、ノックもなしに入るなんて……」

「うふふ、奥の奥まで見せあった間柄じゃない。今さら、見られて困ることなんてないでしょ」

不気味な笑みを浮かべながら、晴那は恭平に近づき首にしがみついてきた。

「な、なにするの、晴那ちゃん」

驚く恭平は晴那に体重をかけられて、そのままベッドに押し倒された。

「えへへ、美冴との仲をとりもってあげたお礼を、してもらおうかなと思って……。ここでね」

ぺろりと舌を出した晴那は、ハーフパンツを穿いている恭平の股間を手で撫でてきた。

「ちょっ、だめだって。美冴ちゃん、俺たちのことは知らないんだろ。もしばれたら今度こそどうなるか……晴那ちゃんならわかるだろ」

ビンタよりもひどい目に遭わされて、今度こそ口も聞いてもらえなくなると、恭平は必死で断った。

「大丈夫よ。美冴ちゃんもあの子たちも、大学に練習に行ったし」

晴那は薄いブラウスだけの胸を押しつけながら。恭平に覆いかぶさり甘えた声を出す。

（えっノーブラ）

柔らかい乳房が自分の胸板の上でぐにゃりと押しつぶされる感触があり、ブラウスの薄い生地越しに二つの突起が感じられた。

まだ日も高い時間だというのに、彼女はブラジャーを着けていないのだ。

「ねえいいでしょ、ねえ」

晴那は指で恭平の首をなぞりながら、耳元で囁いてくる。

「だめだって……。俺が美冴ちゃんを好きなこと、知ってるくせに」

だからこそ仲をとりもったのだと思うのだが、その恭平を早速誘惑しようとする晴那の心理がよくわからない。

「でも、恭平くんと美冴が正式に付き合うようになったら、もうできないでしょ。妹の恋人だし。だから今なのよ」

晴那は仰向けの恭平に身体を密着させながら、チュッチュッと首筋にキスしてきた。

「私だって恭平くんを思っているのは同じだからね、でないとエッチなんかしないよ」

少し頰を膨らませて晴那はじっと見つめてくる。

ただ目だけは真剣で、彼女の言葉が嘘でないことがわかった。

「ごめん……」

彼女の気持ちに答えられない恭平は、謝ることしかできなかった。

「謝るくらいなら最後にもう一回だけして。恭平くんを私の中に刻み込みたいの」

晴那は少しだけ微笑むと、恭平の手を握りスカートの中に持っていく。

（穿いてない……）

彼女の股間に触れると、ねっとりした液体が指に絡みつくのと同時に、熱い粘膜が食い絞めてきた。

「恭平くんを思って私の中はこんなになってるの、だからね、お願い」

丸顔の優しげな顔を近づけてきて、晴那はキスをしてくる。

上から恭平の首をしっかりと抱きしめ、舌を差し入れてきた。

「んん……んん……」

恭平も拒絶はせず、舌を激しく絡ませ唇を吸いあう。

このキスだけでも彼女の強い思いが唇や舌を通して伝わってきた。

「あふ……いいの？」

うっとりとした目の晴那の問いかけに、恭平はなにも言わずにただ頷いた。

言葉にしないことが、晴那と、そして美冴への礼儀のような気がした。

「ありがとう、嬉しい」

微笑む晴那の肩を摑んだ恭平は彼女をベッドに押し倒して、体勢を入れ替えた。

「きゃっ」

突然、ベッドに転がされて驚く晴那に覆いかぶさり、恭平は彼女のブラウスのボタンをひとつひとつ外していく。

「あっ……」

晴那を抱きたいと言葉にしなかった代わりに、全力で彼女を貫くつもりだ。

仰向けでも見事に盛り上がる巨乳を丸出しにし、両手でゆっくりと揉んでいく。

吸いつくような白肌に指が食い込み、柔乳が歪むと晴那が小さな声を漏らした。

「感じやすいんだね、晴那ちゃんは」

乳房への刺激だけで早速甘い声を漏らす晴那に、恭平は少し苦笑いした。

「ああん、だって恭平くんの手がエッチだから、あああん」

前のはだけたブラウスを纏った肉感的な身体をくねらせ、晴那は切ない顔を向けてきた。

「じゃあこっちを責めたら、もっと感じてくれますかね」

冗談ぽく言いながら、恭平は尖り始めた乳頭を二つ同時に摘まみ上げた。

「はあん、だめっ、あっ、ああっ」

晴那は過敏なまでに反応し、背中を弓なりにする。

膝丈くらいのスカートの裾が乱れ、ムッチリとした白い太腿が露わになっていた。

「もう、いじわるなんだから。罰として今日はお姉さんが恭平くんを責めるわよ」

晴那は頬を膨らませて言うと、さっき恭平がやったように体の上下を入れ替えた。

覆いかぶさる形に戻った晴那は恭平のハーフパンツをずらして逸物を剝き出しにしてきた。

「んん……あふ……」

そして唇を大きく開くと、まだ半勃ちといったところの肉棒を大胆に飲み込んでいく。

「あうっ、晴那ちゃん……くううう」

口腔の粘膜の柔らかく甘い包み込みに、恭平は思わず声を上げて腰をよじらせた。

もう拒絶する意志はないから、恭平はただ快感に身を任せていく。

「あふ……んん……んく……」

長い黒髪を揺らし、顔を仰向けの恭平の股間に埋めるようにして、晴那は頭を上下に揺すって肉棒を責めてくる。

癒し系の丸顔が肉棒を飲み込み、はだけたブラウスから飛び出した二つの乳房がブルブルと揺れるさまはなんとも淫靡だ。

「あうっ、晴那ちゃん、すごいよ」

亀頭のエラに、唾液に濡れた口腔の粘膜が絡みつき、柔らかい舌が裏筋を擦り上げる。

そのたび強い快感が腰を突き抜け、恭平はただ声を上げて身悶えるばかりだ。

「んん……くふ……うふふ……なにか出てきてるわよ」

一度肉棒を吐き出した晴那は淫らな笑みを浮かべて、亀頭を白い指でこね回してきた。

「あうっ、晴那ちゃん、それだめ」

見事に男のツボを押さえた指使いに、恭平はこもった声を上げて腰を震わせる。

もうギンギンに勃起している逸物の先端からは、カウパーの薄液が次々と溢れ出していた。

「うふふ、恭平くんが気持ちよくなってくれてお姉さん嬉しいわ。じゃあそろそろ二人で……」

晴那はゆっくりと身体を起こすと、もはや身体にまとわりついているだけのブラウスを大胆に脱ぎ捨てた。

肉付きのいい身体の前で、たわわなGカップが二度三度と弾んだ。

「恭平くんは動かなくていいからね」

スカートも脱いで全裸になった晴那は、ベッドに仰向けの恭平の腰の上に跨がってきた。

「あっ、いいわ……この固さ、ああん、すごい」

恍惚《こうこつ》とした表情を浮かべた晴那は自らの腰を沈め、胎内に怒張を飲み込んでいく。

すでにドロドロの媚肉を亀頭が掻き分けながら、一気に侵入していった。

「あっ、はあああん、奥に来たっ、ああん、ああっ」

そして腰が完全に沈みきり、騎乗位で互いの身体が密着すると、晴那は背中をのけぞらせて淫らな喘ぎ声を上げた。

肉棒は彼女の中に入ったと言うよりも、根元まで飲み込まれた状態だ。

「もう今日が最後なんて寂しいわ、恭平くん」

快感に息を切らせながらも、晴那は自ら身体を上下に揺すり始める。

彼女の腰が浮かぶたびに膣の粘膜が亀頭のエラに絡みついて擦り上げてくる。

「くうう、ああっ、晴那ちゃん」

彼女の言葉に恭平はなにも言えず、名前を呼ぶのみだ。

次もまたと恭平が言えないことをわかっている晴那は、汗ばんだ顔でにっこりと笑っただけで、腰を大きく使って膣肉で肉棒をしごいてくる。

「ああん、ああっ、すごい、ああっ、気持ちいい」

ムッチリとした下半身が大きく弾み、たっぷりと脂肪がのった丸尻が恭平の身体に叩きつけられてパンパンと乾いた音を立てた。

なにかを振り払うかのように晴那は、肉欲に没頭している。

「くうう、晴那ちゃん……」

恭平は今の自分が彼女にできることは、少しでも感じさせることぐらいだと、腰を少しずらし、晴那の子宮口に亀頭があたるようにする。

「ひあっ、ああん、そこは、あああっ」

最奥にある子宮口を抉《えぐ》るように怒張が食い込むと、晴那は騎乗位で跨がっている白い身体を震わせてよがり泣く。

黒い陰毛の下に見える、怒張とピンクの媚肉の結合部から、愛液が流れ出してきた。

「もっと感じて、晴那ちゃん」

今度は恭平も下から腰を使い、怒張の突き上げを始めた。

「ああん、恭平くんは動いたらだめ、ああん、あああ」

リズムよく亀頭が子宮口を突き上げて、晴那はもう意識も怪しくなっているのか、頭を後ろに倒しながらひたすらに喘ぎ続ける。

二つの巨大な乳房がまるで別の生き物のように舞い躍り、先端にある色素の薄い乳頭は固く勃起していた。

「あくっ、あああん、おチ×チンが私の子宮にキスしてるよう、あああん、ああっ」

彼女も興奮を深めながら、自らの身体を大胆に上下させている。

「はああん、いい、狂っちゃう、くううう」

肉感的な身体をくねらせて喘ぐ姿は、まさに淫婦そのもので、恭平は普段は優しい彼女が顔を歪める姿にも興奮を深めていた。

「ああん、恭平くん、あああん、私、もうイキそう、あああん」

一番感じるポイントへの激しい突き上げに耐えかねたように、晴那が先に限界を告げた。

「俺ももう出そうだよ、一緒に晴那ちゃん」

今日が最後なら心を一つに、と恭平は下から腰を突き上げ、自分も頂点に向かう。

「ああん、嬉しい、ああっ、来て、今日はお薬飲んでるからあ、あああん、ああ」

湧き上がる嬌声が激しすぎて呼吸もままならない様子の晴那が、懸命に訴えてきた。

「うん、いくよ、おおおおお」

うっとりとした瞳で見つめる晴那と視線を合わせながら、恭平は全力で肉棒をピストンさせ、亀頭を子宮口に食い込ませる。

ベッドのバネの反動も利用して突き上げているので、グラマラスな白い身体が大きく上下に弾み、倒れそうになる。

恭平はそんな晴那の腰をしっかりと両手で支えながら、怒張の先端を突き出した。

「ひあああぁ、もうだめっ、イク、イッちゃううう」

汗まみれの身体を弓なりにして、晴那は頂上に向かっていく。

「イックうううう」

雄叫びのような声と同時に頭が後ろに落ち、二つの巨乳が波を打って震えた。

同時に媚肉が強く収縮し、恭平の逸物をこれでもかと食い絞めてきた。

「俺も、イク」

強く、そして甘い膣肉の絡みつきに屈し、恭平も精を放つ。

熱い粘液がとんでもない勢いで飛び出していった。

「はあぁん、来てるわ、ああっ、恭平くんの精子が、あぁん、私のお腹に染みこんでるう、あああん」

歓喜の表情を浮かべながら、晴那はエクスタシーの発作にグラマラスな肉体をくねらせ、恭平のすべてを受け止めてくれている。

「くうう、出るよ、ああ、晴那ちゃんにいっぱい出すよ」

「ひあああん、来て、ああん、出して、私の子宮をいっぱいにして」

互いに声を上げながら、恭平と晴那はいつまでも貪りあった。

第六章　Gカップ処女の悶え

「おおっ、引き離した！」

一回目のターンと同時に、明日香は二位の選手に身体ひとつ以上の差をつけた。

そして、進めば進むほどその差が大きくなる。

国体会場になっている屋内プールは、声援と興奮で熱気に包まれていた。スタンドで明日香の試合を見守る恭平の手の中にも、汗がにじむ。

（一昨日まで外国にいたのに、ほんとにすごいな）

現役時代の美冴に似た、手脚を一直線に伸ばす美しいフォームで泳いでいく明日香をスタンドから見下ろしながら、恭平は感心していた。

昨日帰国した明日香は、時差ぼけもとれないまま国体会場近くのホテルに直行し、美冴や歩夢と合流していた。

もちろん恭平も午前には現地に入り、昨夜は二人のマッサージを汗だくになるまで行った。

それでもベストにはほど遠いはずなのに、明日香はそれを感じさせない。

相手も全国レベルの選手のはずなのに、まるで素人でも相手にしているように見えた。

「よっし、優勝だ」

しっかりと明日香が一位でゴールしたのを見て、恭平はガッツポーズした。美冴の件とは関係なく、面倒を見てきた選手が勝利したのは嬉しい。

「タイムは伸びてないけど、ほっとしたわ」

隣りには美冴が、その向こうには晴那がいて三人並んで見守っている。

確かに電光掲示板に表示されたタイムは、いつもの明日香のものではなかった。

「そうか……」

もう少し自分に力があれば、彼女のコンディションも上げられたのでは、と恭平は情けなかった。

「落ち込むんじゃないわよ。それに、歩夢にとってはこれは朗報よ。明日香ですらタイムが伸びないっていうことは、平泳ぎの海外組も同じだってことなんだから」

今日このあと歩夢の決勝レースが行われるのだが、そこには海外組の選手が三名いる。

美冴によるとその三人がベストの状態なら、歩夢では太刀打ちできないそうだ。

「でも、今日なら全員は無理でも二人は躱《かわ》せると思うわ。歩夢の体調をばっちりに整えてくれたんでしょ、自信持ちなよ」

暗い顔をする恭平の肩を、美冴が笑顔で叩いてきた。

三津村家の話し合い以来、選手のこと以外の会話をしていなかったので、久しぶりに見る美冴の笑顔だ。

「そうだよね、きっとやってくれるよな」

マッサージだけでなく、さっき歩夢に裏手に呼び出され、力を下さいと言われてキスされた。

激しく互いに舌を吸いあったので、なんとなく美冴の顔が見づらい。

「あらー、美冴ちゃんもいつになく力が入ってるじゃない。歩夢ちゃんが表彰台に乗ったら、素直になるって約束ですものね。恭平くんとどうやってラブラブしようかとか考えているのかしら」

美冴の向こうで、晴那が意味ありげな笑顔で口を挟んできた。

「ば、馬鹿なこと言わないでよ、私は選手が勝つことを望んでるだけでしょ、な、な力がない。

な、なにを言っているのよ」

美冴は懸命に取り繕《つくろ》っているが、顔は真っ赤で言葉は噛みまくりなのでまるで説得力がない。

「ほら、明日香ちゃん、こっちに手を振っているわよ」

一枚上手の晴那がプールを指差す。

水から上がった明日香が、競泳水着に包まれたスリムな身体を精一杯に伸ばして両手を振っている。

「仲藤があんなに喜ぶなんて珍しいな、親でも見にきてんのか」

恭平たちの前列にいる他校の関係者とおぼしき男性が呟いた。

白い歯まで見せた満面の笑みに、いつもはクールな彼女の熱い想いが乗っているような気がして、恭平は嬉しくて懸命に手を振り返した。

続いて歩夢の平泳ぎ決勝が始まった。

プールに入ってきた彼女の顔は引き締まっていて緊張を感じさせた。

「今日はいい顔つきしてるわ、いつもはもっと蒼白い顔なのに」

スタンドから見下ろす美冴が小さく言った。

恭平は県予選のときに、セックスで緊張を振り払った歩夢の顔を見ているが、美冴が目にするのは初めてなのだ。

（いいぞ、この前より気合いが入ってる）

口は真一文字に結ばれて緊張してるように見えるのだが、目は光り輝いていて闘志を感じさせる。

海外でいろんな選手を見てきたが、こういう目をした人間は必ずいい結果を出す。

さっきの明日香の熱い気持ちが歩夢にも乗り移っているようだ。

「まずはスタートね。あの子よく出遅れたりするから」

心配そうにする美冴の視線の先で、スタート台に全員が上がり、ブザーが鳴った。

水面に水しぶきが上がり、一度潜った選手が浮かんできた。

「よし、最初は上々」

全員が横一線といった並びで浮上し、レースが進んでいく。

オリンピック候補の選手もいるが、やはり体調がベストではないのか、あまり伸びてこない。

「あの子は後半強いのよ、よし、ここから」

最後のターンを終えるが、五人ほどが横に並んでいる。

もちろん歩夢もその中の一人だ。

「いけ、もう少し、いけるぞ」

いつしか恭平も夢中になって身を乗り出し、大声を上げる。

一人脱落し、歩夢を含む残り四人で残り十メートル。相手は全員、海外組だ。

「粘れ、もう一息」

あと一メートル、歩夢の身体がぐいっと前に進んだように見えたが、四人がほぼ同時のゴールになった。

恭平たちだけでなく、会場の全員の頭が一斉に電光掲示板を向いた。

「お願い……！」

晴那が両手を合わせて祈る。

電光掲示板が輝き、一着のところに歩夢の名前が表示された。

「やったあ！」

恭平は飛び上がってガッツポーズした。

「うそ、一位、よかった……」

隣では美冴が涙ぐんで電光掲示板を見つめている。

現役時代、負けてくやしがることはあっても、泣いたりすることはなかったのに、選手のこととなると涙もろいようだ。

「やったな美冴ちゃん！」

美冴とがっちり握手を交わした恭平は、空いている手で彼女の肩を抱いた。

プールの中では人目をはばからず号泣する歩夢を、他の選手たちが祝福していた。


「さあ約束は守らないとねえ、美冴ちゃん」

試合会場のプールを出たとたんに、晴那がニヤニヤしながら美冴に近寄っていく。

トロフィーを手にした歩夢や明日香も同じように笑っている。

「な、なによ。みんなの前で話すなんて約束してないでしょ」

大学名の入ったジャージ姿の美冴は、照れながら後ずさりしていった。

「ここで告白しろなんて言わないわよ、はいこれ」

晴那は自分のバッグから白い封筒を取り出して、美冴に手渡した。

「なにこれ、○○温泉ホテル……？」

美冴が広げた中の紙を恭平も覗き込む。

どうやらホテルのチケットのようで、恭平たちの住む町から電車で一時間くらいの温泉町のものだ。

日付は三日後になっている。

「うふふ、二人で一泊して、たっぷりと愛を確認してきなさい」

照れる恭平と美冴を見つめて、晴那はしたり顔で言った。


「あ……こんな部屋なんだ……」

晴那が予約していてくれた部屋なのでまったくなにもわからずに着くと、窓の外に大きな檜の露天風呂がついた高級な和室だった。

「ではお食事は六時半からということで」

仲居《なかい》さんが部屋をあとにし、二人は座布団に座ったが、まったく会話がない。

長い間、姉弟のような関係だったための照れがあり、ここに来るまでの道中もずっとぎくしゃくしていた。

「ビール呑もうかな……」

いい加減間が持たなくなってきたのか、美冴は冷蔵庫のある場所に向かおうとする。

今日は珍しくブラウスにスカートを穿いた彼女はいつもよりも綺麗で、そして色っぽかった。

「まだ夕飯まで三時間以上あるんだぜ。もう呑む気かよ」

呆れて恭平は座卓の向こうに座る美冴を見た。

（ここは俺がしっかりしないといけないんだろうな）

いつもの強気が欠片《かけら》もない美冴を見て、恭平は男の自分がリードしなければと思った。

「とりあえず座りなよ、ここに」

恭平は自分の横に新たな座布団を置いて指差した。

「う……うん……」

小さく頷いた美冴は言われるままに隣の座布団に正座したが、こちらを見ようとはしない。

首が隠れるくらいのセミロングの黒髪の間から、赤く上気したうなじが覗いていて、恭平は美冴がもう愛おしくてたまらなくなった。

「なあ美冴ちゃん、俺は小学校のときからずっと好きだったんだぜ」

彼女の手をそっと握り、恭平は言った。

「そんなの一度も言ってくれなかったじゃない」

ようやくこちらを向いた美冴は、少し唇を尖らせて不満げにしている。

「勝手に外国に行っちゃうし」

切れ長の瞳でじっと見つめてきた美冴は、少し不安げな顔をしている。

肩をケガしたときもこんな顔を見せたことはなかった。

「俺は美冴ちゃんのケガを治したくて、トレーナーを目指したんだ。間に合わなかったけどな」

恭平が専門学校を卒業して資格を取ったときには、もう美冴は現役のスイマーではなかった。

治したい相手がいなくなった日本でトレーナーを目指すことに虚しさを感じて、海外に出たのだ。

「遅いよ……いつもあんたはタイミングが悪い」

恭平の手を強く握り、美冴は唇を震わせている。

黒目の大きな美しい瞳がどこまでも澄んでいて、心が吸い込まれていきそうだ。

「そうだね。だからこれからは大事なことは、ちゃんと早めに伝えるようにするよ」

恭平は強く美冴の肩を抱きしめる。

「今もずっと好きだ、美冴ちゃん」

はっきりとした言葉にして伝え、恭平は美冴に唇を重ねた。

「ん……んん……んん」

祭りのときのように邪魔が入って後悔しないように、今度は最初から舌を押し込んでいく。

美冴も恭平の気持ちに応えるように舌を出し、互いに激しく貪りあった。

「あふ……ああ……」

しばらく唇を吸いあって離れると、美冴は恭平の胸に額を押しつけて下を向いた。

もう握った彼女の手はしっとりと汗に濡れている。

「あの……さ、私にもマッサージしてよ。歩夢や明日香にしたエッチなやつ……」

消え入りそうな声でぼそぼそと美冴は言う。

「えっ、なにを言い出すんだよ」

淫らなマッサージを施した恭平を、最低男呼ばわりした美冴からとんでもない言葉が飛び出した。

彼女たちのことがなくても美冴は、そういうことが嫌いだったはずだ。

「あの子たちにだけして、私にはなしなの？」

くやしそうに言って、美冴は頭を埋めている恭平のシャツを引っ張ってきた。

（子供かよ……）

どうやらまた負けず嫌いの性格が顔を出しているようだ。

「わかった……後悔するなよ」

意地を張りだしたら引かない性格なのはわかっているので、恭平はもう首を縦に振るしかなかった。


まずはシャワーを浴びるからと、恭平は部屋の外に出された。

露天風呂の他にも室内にシャワールームがあるのだが、脱衣所がないので着替えるところを見られるのが恥ずかしいそうだ。

「ただいま……」

約束のきっちり三十分で部屋に帰ると、窓の近くに置かれたイスの上に浴衣姿の美冴が座っていた。

窓の外に露天風呂の湯気がもうもうと上がっているので、ジーンズにTシャツ姿の自分の格好のほうがおかしい気がした。

「シャワーは終わったのか？」

「うん」

恭平の質問に美冴は小さな声で頷いた。

負けず嫌いの性格から、自分にもマッサージをしろと言いはしたものの、恥ずかしくてたまらない様子だ。

「やっぱりやめたくなったんじゃないの？」

まだ夕食の前なので、押し入れの中に納められたままの布団を自分で一枚敷きながら恭平は言った。

「そんなことない……私だって、恭平にして欲しいもん」

ほんのりと赤くなった顔で美冴は恭平をじっと見つめてきた。

処女の彼女なりに覚悟は決めているようだ。

「そうか……」

それだけ言って恭平は、部屋にあるバスタオルを布団の上に敷いた。

オイルを使うつもりなので、シーツを汚さないためだ。

「じゃあうつ伏せに横になって」

布団を指差して、恭平も少し緊張していた。

今回は相手がずっと恋い焦がれていた美冴だし、なにより処女を相手に性感マッサージを施すのは初めてだ。

「うん……」

恭平以上に緊張気味の美冴が、硬い表情で身を横たえた。

「まずは普通にマッサージして身体をほぐしていくからな」

浴衣の上から美冴の腰に手を置いて、ゆっくりと筋肉をほぐしていく。

明日香と同じように柔らかいが反発力の強い、運動選手の筋肉だ。

「そう言えば、恭平にマッサージしてもらうのって、初めてかもね」

海外に出る前、専門学校時代にはよく両親や友人に練習台としてマッサージをしていたが、美冴に頼んだことはない。

もちろん言えば拒否されることはなかったろうが、美冴の身体に触れる勇気がなかったのだ。

「じゃあ俺がどのくらいうまくなったか、確かめることができないな」

「そうだね、でも気持ちいいよ」

冗談ぽい会話を交わしながら背中にかけて揉んでいくと、徐々に筋肉の緊張が取れてきた。

（ノーブラ……）

美冴の背中をさすると下着の感触がない。

下半身のほうに目をやると、ムッチリと膨らんだ浴衣のヒップのところにパンティらしきラインが浮かんでいるから、下は穿いているのだろうが、上半身は薄い浴衣だけのようだ。

「ん……ん……」

時折息を漏らす美冴の背中を揉みながら、恭平はますます緊張してきた。

「脚も揉むよ」

恭平の手がヒップの下あたりに触れると、リラックスしてきていた筋肉がまた緊張した。

処女だからか、男の手に過敏な反応を見せているようだ。

(それでもちゃんと感じさせる……)

愛する人の身体に性感マッサージを施すのに気持ちの抵抗はあるが、やる以上はしっかりと感じて欲しい。

足首や足裏まで丹念に揉んだ恭平は、自分のバッグからオイルを取り出した。

「浴衣、脱いで……」

うつ伏せのままこちらをチラチラ見ている美冴に恭平は小さく言った。

いつものように淡々と声をかけることなどできなかった。

「上まで捲《まく》るから脱がなくてもいい？」

向こうも緊張しているのだろう、ほとんど聞こえないくらいの小さな声だ。

「上までって、同じだろ、それじゃ」

美冴の言っていることが理解できず、恭平はオイルの瓶を持ったままぽかんと口を開いた。

「だって肩幅が広いから、見られるのは恥ずかしいんだもん」

身体を起こした美冴は真っ赤な顔で懸命に訴えてきた。

いつもは凜々《りり》しい目が潤み、唇は震えている。

自由形の選手だった美冴は、確かに肩や肩甲骨《けんこうこつ》周りの筋肉がよく発達しているので、普通の女性よりもがっちりした印象があった。

「そんなこと気にしてるのかよ」

涙目の美冴はたまらなく可愛らしく、恭平は布団の上に座る彼女の横に膝をついた。

「美冴ちゃんはどこを取っても可愛いよ」

「嘘よ、こんな筋肉質の身体、可愛く見えるはずなんかない」

下を向いた美冴は首を何度も横に振った。

美人で手脚も長い彼女にもコンプレックスはあるようだ。

「ほんとうだよ」

恭平は美冴の正面に移動すると、彼女の浴衣をずらして、両肩を剝き出しにする。

艶やかな肌の肩や鎖骨《さこつ》が露わになると、そこにキスの雨を降らせた。

「あっ、やだ恭平、ああんっ、恥ずかしいよ」

白い両肩をはだけたまま、美冴は唇を開いて小さな喘ぎ声を上げた。

「こんな綺麗な身体してるくせに、見せたくないなんて言うなよ」

両肩に何度もキスをしてから、恭平はここだけは姉によく似ているぽってりと厚い唇を塞《ふさ》いだ。

「あふ……んん……ん」

激しく舌を絡ませ、唇を吸う。

それに応えて、たどたどしく舌を動かす美冴の身体から力が抜けていった。

「脱がすよ、これ」

恭平はゆっくりと彼女の帯を解き、はだけている浴衣をさらに下に落とした。

「あ……」

小さな声と共に二つの乳房が現れ、美冴は薄いブルーのパンティだけになる。

(すごいスタイル……)

恥ずかしがっていた筋肉のついた肩のすぐ下に、美しく、そして巨大な乳房が球形に膨らんでいる。

大きさは姉の晴那と同じくらいなのに、形が美しく下乳のあたりの張りなど、二十歳の歩夢にも負けていない。

そこから見事なくびれを描いてウエストが引き締まり、お腹周りにはほとんど脂肪が見えなかった。

「やだ、そんなにじろじろ見ないで」

なにも言わずに凝視する恭平の視線が辛くなったのか、美冴はパンティだけの腰をくねらせている。

正面にいるのでよく見えないが、ヒップも現役のときの引き締まった印象ではなく、大きくねっとりと実っている気がした。

「そうだな、始めるか」

美冴の肉体のあまりの見事さに見とれた恭平ははっとなって、オイルを手に取った。

塗っただけで皮膚が熱くなる性感マッサージ用のオイルにまみれた手のひらを、目の前で小刻みに揺れる鞠《まり》のような乳房に寄せていく。

ほんとうは脚から始めるつもりだったが、せっかく美冴が肌を晒して向かい合ってくれているのだから、この機会を無駄にしたくなかった。

「あっ……」

恭平の手が触れると、美冴は少しだけ身体を震わせて、小さな声を漏らした。

（すごい張りだな）

球形の乳房は柔らかいが指を弾くような反発力もある。

ゴム鞠を思わせる感触に驚きながら、恭平は両乳房にオイルを塗り込み、ほぐすように揉んでいった。

「あっ、恭平……触りかた、いやらしい」

オイルの作用か、美冴は少し汗ばみながら、ブルーのパンティだけの下半身をよじらせている。

表情が少し変わり、色っぽい顔を見せていた。

「美冴ちゃんのおっぱいがいやらしいから、触りかたもそうなるんだよ」

もうオイルにまみれてヌラヌラと輝いている柔乳を丁寧に揉みしだきながら、恭平は丸い膨らみの頂点をちらりと見た。

乳輪がこんもりと盛り上がる乳頭は、薄いピンク色の突起がもう尖り始めている。

少し強めに乳肉を絞って美冴の神経を乳房部分に集中させてから、油断している乳頭を二つ同時に指で引っ掻いた。

「ひあっ、ああん、そこだめっ、ああん、ああっ」

処女とはいえ、大人の身体は敏感に反応し、美冴は背中をのけぞらせて喘いだ。

「ふふ、大きくてエッチなおっぱいだね」

彼女の敏感な反応に気をよくして、恭平はさらに大きく手を動かし、乳房を愛撫する。

もちろん、たまに乳首を刺激するのも忘れてはいない。

「あっ、はああん、だめっ、恭平の手……いじわる、あああ」

可愛らしい喘ぎ声を漏らしながら、美冴は切れ長の瞳を潤ませて訴えてきた。

日頃は強気な彼女が狼狽えながら喘ぐ姿に、恭平の気持ちも昂ぶってゆく。

「このおっぱいって、何カップあるの？　教えて」

「やだ、ああん、そんなこと言えない」

もうお腹のあたりにまでオイルの垂れた身体をくねらせながら、美冴は首を横に振った。

「いいじゃん、教えてよ……じゃないとこうしちゃうぞ」

息も絶え絶えの美冴を見つめて恭平はにやりと笑うと、両乳首を指で強く摘《つ》まみ上げた。

「ひあっ、あああん、Ｇカップよっ、あああん、だからもう許して、はああん」

もうたまらないといった風に胸のサイズを告白した美冴の巨乳から、恭平はようやく手を離した。

「美冴ちゃん、下も脱がすよ」

あくまで恭平がリードしながら美冴の手を握り、空いている手をパンティにかけた。

「あ……」

美冴も抵抗せずに身を任せてきて、薄いブルーのパンティが引き締まった太腿を滑り落ちていく。熟した女性らしくしっかりと生い茂った草むらが顔を出し、ついに美冴のすべてが晒された。

「やだ……私だけ、裸なの……」

繋いだ手を強く握りかえし、美冴は潤んだ瞳を向けてきた。

「そうだね」

一度、立ち上がって恭平も服を脱ぎ捨てる。

緊張しているせいか、ビックサイズの逸物もまだ半勃ちといった感じだ。

「そのまま仰向けに寝て……」

裸になった恭平は、男の身体をまだ直視できないのか、恥ずかしげに視線を逸らしている美冴の背中を支えながら仰向けに寝かせる。

「あっ、だめっ、恥ずかしいよ」

そして、長くしなやかな両脚を開かせると、ついに美冴のすべてを剥き出しにした。

「全部見ないと始まらないよ」

彼女の願いは無視したまま、しっかり密生した陰毛の下にある女の裂け目を恭平は開いていく。

ピンク色の花弁が口をあけ、顔を出した小さな突起を指で軽く撫でてみた。

「ひあっ、そこだめっ、ああん、恭平、ああん」

早速、美冴は内腿を引き攣らせて、甘い声を上げる。

未経験でも身体が快感を受け入れるように成熟してるのだ。

「だめなところが多いな、美冴ちゃんは。でもここはすごく濡れているぜ」

嫌がりながらも、オイルに濡れ光る身体をよじらせる美冴を見て苦笑いしながら、恭平は指をわずかに開いた膣口に入れた。

「ああっ、そこは、はああん、ああっ」

まだ誰も触れたことがないであろう膣肉だが、中は愛液に溢れかえっていた。

ただいきなり強くしたら痛みを感じてしまうかもしれないので、指は一本にしてゆっくりと馴染ませていく。

「あっ、あくっ、はあっ」

オイルと愛液のぬめりがあるおかげで、さほど抵抗なく指は膣の中程まで入り込み、美冴は濡れた唇を半開きにして、喘いでいる。

「痛かったら言いなよ」

恭平は指で円を描くようにして膣の中程までをまんべんなく刺激する。

「あっ、痛くはないけど、ああん、声が、はああん、ああっ」

初めての快感に戸惑いながらも、美冴は仰向けの身体を何度も引き攣らせて喘ぎ続けている。

愛液の流出が止まらず、恭平の指が動くたびにヌチャヌチャと粘っこい音が広い和室に響き渡った。

（少しここも刺激してみるかな……）

恭平は指を返すと、腹の部分で膣の天井部分をまさぐった。

「ひあっ、なにしてるの、ああん、だめっ、そこ、ああん」

いきなりピンポイントで性感帯にあたってしまったのか、美冴は激しく喘いで背中をのけぞらせた。

「ひっ、だめっ、恭平、ああん、許して、ああん、ああっ」

恭平の人差し指が天井にあるそのポイントばかりを責めると、美冴はもうどうしようもないという風によがり泣く。

身体の反応が強すぎて、背中が何度も弓なりになり、大きく盛り上がる乳房が千切れるかと思うほど弾んだ。

(すごい敏感な身体の持ち主だったんだ……美冴ちゃんて……)

経験がないだけで美冴の肉体は、人並み以上に性に対する感性があるようだ。

これならもっと感じさせられると、恭平は指を二本に増やし、Gスポットばかりをまさぐり続けた。

「ああっ、恭平、あああん、いやあ、なにか来る、ああん、ああっ」

布団の上に敷かれたバスタオルを握りしめ、美冴は狼狽えた顔を恭平に向けてきた。

「そのまま身を任せるんだ、美冴ちゃん」

恭平は激しく指をピストンさせて、美冴のGスポットをこれでもかと擦り上げた。

「あっ、あああん、でも、あああん、ああっ、あああ」

強い快感に思考まで奪われているのか、長い手脚をだらしなく開いたまま、美冴は呼吸を詰まらせながら悶え続けている。

指が出入りするたびに膣肉が強く収縮し、恭平の指先を食い絞めてきた。

「あっ、いやっ、ああっ、だめっ、ああっ、あああ」

そして、切れ長の瞳を大きく見開いた美冴は、ガクガクと腰を震わせ、エクスタシーに向かっていく。

未経験の女は、大きく上体をのけぞらせた。

「あっ、ああ、くううううう」

厚い唇を大きく開き、白い歯を見せる美冴の身体が引きつけでも起こしたかのように痙攣した。

言葉にできていないが、まさに女のエクスタシーの発作だ。

そして、同時に指の入った媚肉の入口の上で尿道口がぱっくりと口を開いた。

「あっ、いやっ、だめっ、ああっ」

狼狽する美冴の内腿が引き攣り、透明の水流が吹き上がる。

「ああっ、どうして、いやっ、ああっ、ああっ」

恭平の指が出入りするたびに、水流は何度も吹き上がる。

自分の意志とは別のところで、飛び出してゆく熱い潮《しお》に、美冴はもう半泣きで悶えていた。

「あっ、ああ……もうやだあ……」

ようやく発作が収まると、美冴は両手で顔を覆い、裸の身体を丸めてしまった。

「いいんだよ、美冴ちゃんが俺の指で感じてくれた証明なんだから、潮吹きは」

そんな美冴を抱き起こして、恭平は耳元で囁いた。

まだ息を荒くしたまま恭平の腕に身体を預けている、涙目の美冴がたまらなく愛おしい。

「こうなるって知っててやったのね、恭平、ひどい」

そう言うと、美冴は真っ赤になった顔を恭平の胸に埋めてきた。

今までなら、きっと殴られていたかもしれないような目にあわせたのにも関わらず、少女のように恥じらう美冴が新鮮だった。

「ごめんよ。美冴ちゃん……最後までいい？」

やけに頼りなげに見える美冴をぎゅっと抱きしめたまま、恭平は言った。

「うん……」

少しだけ笑みを浮かべた美冴はこくりと頷いた。

「美冴ちゃんはじっとして、俺を受け入れてくれるだけでいいから」

恭平は彼女の身体を再び横たえると、オイルや彼女の潮にまみれたバスタオルの上に自分も膝をついた。

そして、仰向けの美冴の長い両脚の間に身体を入れると、すでにいきり立っていた怒張を美冴の濡れた秘肉に近づけていく。

「美冴ちゃん、ほんとに初めてが俺でいいの？」

横たわった美冴が不安そうにこちらを見ていることに気がついて、恭平は身体の動きを止めた。

「なに言ってるの、私はずっと待ってたんだよ。もう恭平に抱かれる日は来ないかと諦めてたくらいなのに……どうしてそんなこと言うの？」

仰向けのままじっとこちらを見つめて言った美冴の目に、さっきとは違う涙が浮かんできた。

「だって美冴ちゃんが、顔を引き攣らせてるから」

「恭平のそれ、大きいんだもん……そんなのが私の身体の中に入るなんて信じられないよ」

愛しい想いが暴走するあまり、触れてもいないのにギンギン状態の恭平の股間を見て、不安そうに美冴は目線を背けた。

「ごめんね。俺の、人より大きいんだ。だからちょっと痛いかもしれないけど」

生まれて初めて見る男の肉棒が恭平の巨根では、怯えてしまうのも当たり前だ。

恭平は美冴の頬を撫でてから軽くキスをした。

「痛くても我慢するよ。だから恭平も最後までして……妊娠しないお薬も飲んでるから」

覆いかぶさってきた恭平の腕を強く握って美冴は言った。

「えっ、どこでもらったの？　そんな薬」

こういうことに疎《うと》い美冴がなぜ避妊薬を持っているのか、恭平は思わず声を上げて驚いてしまった。

「お姉ちゃんが大事な日だから飲んどけって」

「姉妹でなんの話をしてるんだよ」

いい歳をして初心《うぶ》な妹を心配した晴那が気を回してくれていたようだ。

「まったく……」

ため息を吐きながらも、恭平は挿入体勢に入る。

これ以上会話をしていたら、ムードがなくなって怒張も萎《しぼ》んでしまいそうだ。

「ゆっくりいくからな」

恭平は気持ちを入れ直して、肉棒を前に押しだした。

「あっ、くう……」

野太い亀頭部が膣口を拡げて侵入を開始すると、美冴が歯を食いしばってのけぞった。

「あっ、くう、ああっ」

かなり痛いようだが、美冴は決して自分から痛みは口にしないだろう。

昔からそういう性格だ。

「美冴ちゃん……」

ならば自分にできることは、美冴をきちんと女にしてやることだけだと、恭平は亀頭をさらに奥へと押し進めようとした。

「くう、ああ……恭平、ああ……」

引き締まった身体をよじらせて痛みに耐える美冴の中に、肉棒が進んでいこうとすると、亀頭が壁のようなものにぶちあたった。

「わかるかい美冴ちゃん……」

それが処女膜であることはすぐにわかり、恭平は一度腰の動きをストップして美冴を見つめる。

「うん……私……恭平のものになれる日が来たんだね。嬉しいよ」

ほとんど物心がついたときからの仲なのに、こうして一つになるまでどれだけの月日が流れたのだろうか。

時間の重さを考えると、恭平は腰が動かなくなるほど身体が硬直した。

「来て、恭平……」

覆いかぶさる恭平の腕を強く握りしめ、汗まみれの顔で笑みを浮かべた。

恭平の緊張が彼女にも伝わり、励ますために無理に笑顔を作ったのだ。

(いつまでたってもだめだな、俺は……)

自分の情けなさが嫌になるが、まさか逃げるわけにはいかない。

「美冴ちゃん、今まで離れればなれだったぶん、これからはずっと一緒だ」

恭平は想いを懸命に言葉にして、怒張を前に突き出した。

「ああっ、私も一緒に、ああっ、恭平、ああっ」

鉄のように硬化した亀頭が処女膜を突き破り、怒張が一気に美冴の最奥にまで達した。

「最後まで入ったよ、大丈夫？　美冴ちゃん」

ほっと息を吐いて恭平は下にいる美冴を気遣った。

「平気……どうしてだろう。恭平としてると思うとアソコが痛いのもなんか幸せ」

荒い息を吐きながらも美冴は、目を細めて微笑んだ。

お菓子をもらった少女のような愛らしい笑顔を浮かべたあと、

「ねえ恭平、最後まで……」

と目を閉じた。

「うん……」

彼女の気持ちに応えるように恭平は腰を使い始める。

侵入を許したばかりの処女地を、大きくエラが張り出した亀頭が激しくピストンする。

「あっ、恭平、ああ、あああ」

下では仰向けの美冴が両脚をだらしなく開いたまま、大きく口を割り開いた。

「美冴ちゃんっ」

恭平も気持ちを込めて腰を振る。

処女の媚肉の締めつけは厳しく、腰を動かすたびに亀頭のエラや裏筋から、強烈な快感が突き抜けていった。

「あっ、あああん、恭平、私、ああっ、なんかおかしいよ、ああん」

何度も子宮の奥に肉棒を突き立てていると、美冴の様子が変わってきた。

先ほどまで青かった頬に赤みがさし、声色もどこか艶っぽくなっている。

る。
(気持ち良くなってきてる？　まさか奥の子宮口が)
無意識だったが、ピストンのたびに先端が美冴の膣奥にある子宮口にぶつかってい
そこは血を分けた姉である晴那の一番の性感帯でもある。
まさかとは思いながらも恭平は亀頭を小刻みに子宮口に突き立てた。
「あっ、恭平、ああん、変よ、私、あああん、声が、あああっ」
美冴の声がはっきり快感を示しだした。
仰向けの身体はピンク色に上気し、肉棒がぶつかるたびに激しく揺れる柔乳の先端
は、もう完全に尖りきっていた。
「変なんかじゃないよ、力を抜いて美冴ちゃん」
晴那と同じ場所で美冴も強い快感を得ていることを確信し、恭平は少し固い子宮口
に亀頭の先端を押し込むような感覚で肉棒を前後させた。
「ああん、恭平、あああっ、あああん」
下に敷いたバスタオルがくしゃくしゃになるほど身体をよじらせ、美冴は懸命にし
がみついてきた。
恭平も美冴の巨乳に自分の胸板を押しつけ、だらしなく開かれた彼女の長い脚の真

ん中に腰を密着させるように叩きつけた。

「ああん、恭平、ああっ、私、ああっ、また変になるよ、ああん」

色っぽい厚めの唇をこれでもかと開き、美冴は絶叫した。

「いいんだよ、イクんだ、思いっきりっ」

初体験でエクスタシーに向かおうとしている美冴に恭平も興奮し、これでもかと腰を振り立てた。

「あっ、あああん、お腹の中が、ああん、子宮がおかしくなってるよう、ああっ、イッちゃう、ああん」

整った顔を淫靡に歪めた美冴はしがみついた手にさらに力を込めて絶叫した。

「俺もイクよ、くうう、一緒にイクよ、おおおお」

亀頭に吸いつくような動きを見せる美冴の子宮口に、恭平も限界を迎える。

「ああん、イク、ああっ、イクうううう」

白くしなやかな身体がビクビクと痙攣を起こし、染み一つない美しい両脚がピンと伸びきる。

媚肉も同時に収縮し、肉棒をこれでもかと食い紋めてきた。

「俺も出る、くうううう」

快感に身を任せ、恭平も美冴の最奥に向けて精を放つ。

先端部から勢いよく粘液が飛び出し、子宮口を突き破って胎内に注ぎ込まれていった。

「ああん、私の中に、あああん、恭平の熱いのが入って来てる、あああん、ああ」

エクスタシーの発作に何度も身体を震わせながら、美冴は恍惚とした表情を浮かべ精子を受け止め続けていた。

「はあ……はあ……」

熱い精を何度も放ち、ようやく肉棒の脈動が収まると、恭平はほっと息を吐いた。

もう全身の力が抜けて、美冴の中から肉棒を抜く元気もない。

「ああ……恭平……」

美冴はうっとりとした表情でグラマラスな身体を横たえている。

胸やお腹はオイルと汗にヌラヌラと輝き、球体そのものの美しい乳房の張りが強調されていた。

ようやく気を取り直して肉棒を抜くと、ドロリとした白い粘液と共に処女の証しである赤い鮮血が流れ出てきた。

「これで私は恭平のものになったんだね……」

笑顔を浮かべた美冴は切れ長の瞳を糸のように細めて笑った。

「ああ……俺も美冴ちゃんのものだよ」

「嬉しい」

「うぷっ」

下からすごい力で抱き寄せられた恭平は、オイルまみれの乳房の間に顔を埋めさせられた。

第七章　媚肉の性宴

「結局、二回戦もしちゃったな……」

翌朝、朝食の前に恭平は一人起き出して、部屋付きの露天風呂にある洗い場で一人汗を流していた。

昨夜は夕食のあとも求めあってしまい、恭平も合計二度射精した。興奮の中、激しく彼女を突き上げ、美冴も女の絶頂を何度も極めていた。

（それにしてもエッチな身体だったな……）

美冴は精も根も尽き果てたのか、布団にくるまるようにして眠っている。

Gカップの張りのある乳房、強烈に引き締まった腰、そして、現役を引退してから急激に大きくなった感じがするヒップ。

どれをとっても男の欲望を刺激するものばかりだ。

（でもそれよりも……ようやく美冴ちゃんと一つになれたことが大きいな）

絶対に叶うことがないと思っていた恋心が成就《じょうじゅ》したのが、自分の中で一番大きいと、恭平は上機嫌で頭も洗い始めた。

（ん？）

洗い場のイスに座り、シャンプーをシャワーで流していると、背中になにか柔らかいものがあたった。

「なんだ」

後ろを振り返ると、美冴が照れた顔をして張りのある巨乳を恭平の背中に押しつけていた。

「ななな、なにやってんの、美冴ちゃん」

恭平はびっくりしてイスから転げ落ちそうになった。

驚いた理由は美冴が乳房を押しつけていたからではなく、彼女が白の三角ビキニを身につけていたからだ。

「だって、こうして背中を洗ってあげたら男の人はすごく喜ぶってお姉ちゃんが」

赤くなった顔を横に向けている美冴のビキニは、およそ泳ぐためのものとは思えない乳首のところと股間に三角の布が張り付いただけのデザインで、ブラのストラップやパンティの腰のところもすべて紐になっている。

こんな過激なビキニをグラマラスな美冴が身につけたら、当然のように乳肉は上から下からはみ出し、腰のところの肉に紐が強く食い込んでいる。

（は、裸よりもいやらしいかも）

しなくていいと彼女を説得するのも忘れ、恭平はゴクリと唾を飲んで見つめるだけだ。

そのくらい淫靡な姿だった。

「恭平も嬉しいの？」

少し不安げにしながら、美冴は手を伸ばしてボディシャンプーを手に取り、恭平の背中に塗り込んでくる。

そして、後ろから強くしがみついて自らの身体を上下させてきた。

「嬉しいけど、無理しなくていいよ」

美冴は相当恥ずかしい様子で会話がほとんどない。

「恭平が嬉しいのなら、いいの」

恭平の肩を持ち、美冴は大胆に乳房を擦りつけてくる。

柔らかい二つの乳肉が自分の背中の上で自在に形を変えながら上下するのは、なんとも心地がいい。

「やだ、あん、水着がずれちゃう」

なにか小さくて固いものが背中にあたる感触と同時に、後ろから美冴の艶めかしい声が聞こえてきた。

「い、いいよ、辛いならもうやめても」

慌てて後ろを見ると、美冴は切なげに顔を歪めながら、乳房を押しつけている。もう水着は完全に横にずれていて、泡まみれのGカップの乳房が丸見えだ。

「あ、あああん、あっ、あああああ」

美冴の声がどんどん怪しげなものに変わり、背中にあたる突起がどんどん固くなっていった。

「ひあっ、ああっ、ああああ」

美冴は時折身体を引き攣らせながら、両脚を屈伸させて乳房洗いを続けている。すらりとした白い両脚が、がに股に開いたり伸びたりする姿がちらりと見え、恭平はさらに胸を昂ぶらせた。

「あっ、はああん、恭平、ああん、私、もう……」

乳首で感じすぎてしまったのか、美冴はへなへなと洗い場の床にへたり込んでしまった。

「だから無理しないでいいって言ったのに」

恭平は後ろを振り返って美冴の白い身体を支えた。

横にずれたビキニのブラから、二つの巨乳が完全に飛び出していて、なんともいやらしかった。

「だって恭平に気持ちよくなって欲しかったんだもん……私はなにもできないけど、少しでも……ね」

乳首の快感に蕩けている切れ長の瞳で、イスに座る恭平を見上げたあと、美冴は洗い場の床に四つん這いになった。

そして厚めの色っぽい唇を大きく開くと、彼女の艶めかしい姿に反応してすでに勃起している肉棒を包み込んできた。

「わっ、なにしてるんだよ、美冴ちゃん」

昨夜までヴァージンだった美冴が大胆に肉棒をしゃぶり始めたことに、恭平は面食らった。

「んふ……だってこれもしてあげたら恭平が喜ぶってお姉ちゃんが……だから練習してきたの……んん」

一度唇を離してそう言った美冴は、再び亀頭を飲み込んで舌を使いながらしゃぶり上げてきた。

「姉妹でなんの練習してんだよ……うぅっ」

呆れながらも恭平は、気持ちよさに腰を震わせてしまう。

唾液に濡れた舌がねっとりと亀頭のエラや裏筋に絡みつき、強い快感が突き抜けていた。

「あふ……んん……んく」

敏感に反応する恭平を見て勢いがついてきたのか、美冴は大胆に頭を振ってしゃぶり続ける。

(あの美冴ちゃんが俺のチ×ポをこんなに一生懸命舐めてる)

いつも姉御のようだった美冴が、恭平の足元に膝をつき怒張を一心不乱にしゃぶっている。

(それにあのお尻のいやらしさときたら……)

白い紐パンの後ろは完全にTバックになっていて、真っ白な尻たぶが丸出しになっている。

昨夜もさんざん見た桃尻だが、朝の光に輝く白く艶やかな肌がなんとも淫靡に見えた。

「ううっ、美冴ちゃん、激しいよ、出ちゃう」

目も心も、そして肉棒も興奮の渦に飲み込まれ、恭平は快感に飲み込まれていく。ギンギンに昂ぶった逸物の根元がビクビクと引き攣り、カウパーが溢れ出す。

「あくっ、んん……んん」

カウパー液が苦かったのか、一瞬だけ目を見開いた美冴だが、口内で舌を巧みに動かして全部拭い取っていく。

献身的な美冴の姿が恭平の身体をさらに昂ぶらせた。

「美冴ちゃんもういいよ。最後は美冴ちゃんの中でイキたい」

危うく射精しそうになるのを懸命に耐え、恭平は美冴の頭を摑んでフェラチオをやめさせた。

「うん……」

四つん這いのまま頷いた美冴のぽってりとした唇と肉棒の間で、カウパー液が白い糸を引いた。

恭平はイスから立ち上がるとシャワーを手にして、美冴と自分の身体についた泡を流していく。

「ねえ、恭平、もう他の人としない？」

膝立ちのまま水流に身を任せている美冴が、可愛らしい声で聞いてきた。

「そりゃ、もちろん」

そう恭平が答えようとしたとき、露天風呂を囲んだ木の壁の向こうから、『えー』という女の声が聞こえてきた。

「そんなの、だめだよー」

木の壁の向こうは隣の部屋の露天風呂になっているはずだが、どうにも声に聞き覚えがあった。

「まさか……」

恭平と美冴は顔を見合わせると、洗い場のイスを壁際に置いて、壁の向こうを覗き込んだ。

「明日香ちゃん、歩夢ちゃん」

壁のすぐそばに、同じようにイスに乗ってこちらに聞き耳を立てている歩夢と明日香がいた。

「私たちはもうほったらかしなんですか、まだ卒業まで二年もあるのに」

身体にバスタオルを巻いた二人は不満そうに唇を尖らせている。

木の壁を挟んでほぼ向かい合っているので、バスタオルの間から胸の谷間が覗いている。

「お姉ちゃん！」

そして、奥にある自分たちの部屋と同じデザインの木の露天風呂には、湯に浸《つか》って

ビールを呑んでいる晴那がいた。

「やっほー、昨日はずいぶんと激しかったわねえ」

ニヤニヤと笑う晴那は、壁の上に首を伸ばした恭平たちに手を振っていた。

「夕べって、もしかして聞いてたのかよ」

すぐ真下にいる歩夢と明日香を見ると、意味ありげに笑いながら互いに顔を見合わせている。

部屋の壁が薄いわけではないが、この木の壁のところから頭を突っ込めば、隣の喘ぎ声くらいは聞けそうだ。

「そんな……き、聞いてたって、全部……」

美冴の顔が破裂するのではないかと思うほど真っ赤になった。

「妹がやっと大人になれて、お姉さんも嬉しいわ」

晴那は酔っ払っているのだろう、木の浴槽に脚を投げ出して、ヘラヘラと笑っている。

おそらく晴那は最初から隣どうしで部屋を予約していたのだ。

選手の二人も連れて様子をうかがっていたというわけだ。

「ヘッドも初体験をすませて、私たちの気持ちも理解してくれたはずです。なのに独占するんですか」

明日香が怖い目で下から美冴を見つめている。

普段はクールなくせにことセックスがらみになると、大胆で激しくなる。

「昨日は二人の声が聞こえてきて眠れなかったんですよ、私たち……」

歩夢はもうクネクネとバスタオルを巻いただけの巨尻をくねらせている。

幼げな顔をしてはいるが、スケベという点ではこの子が一番かもしれない。

「君たち、俺はもう……」

セックスは美冴としかできないと言いかけたその瞬間、彼女の手のひらが恭平の口を覆った。

「いいわ、二人とも恭平にしてもらいなさい」

なにか開き直ったように美冴は真下にいる二人の選手に言った。

「えーっ」

一番驚いたのは恭平で、美冴の手をはらって絶叫したまま口が塞がらない。

「この子たちも速く泳ぐために恭平を頼ってるのよ。まあ恋愛感情がないっていうのなら許してあげるわ、ただし……」

美冴は急に怖い目になると、恭平の耳を引っ張ってきた。

「今日は二人に射精しちゃだめよ、私の中で出しなさい。この子たちで出したら殺す」

恭平の耳元で美冴はドスの利いた声で囁いた。


「あっ、ああっ、恭平さん、私ももう、ああん、ああっ」

自分たちの部屋の洗い場で恭平は明日香と歩夢を同時に相手していた。

広くて三人が絡み合っても余裕があるとはいえ、わざわざ洗い場でしているのは、隣の部屋にはなんとなくいき辛いし、自分たちの部屋の中には美冴がいるからだ。

「ああん、そこばかり抉られたら私」

洗い場の床に仰向けに寝転んだ明日香は、その長い手脚を大胆に開き、正常位で恭平の逸物を受け入れている。

恭平は彼女の弱点であるGスポットめがけて亀頭を食い込ませていた。

「恭平さん、ああん、私もすごくいい」

喘ぎまくる明日香の隣では、歩夢が床に頭を突っ伏す形で、大きく実った桃尻を突き出している。

恭平の指が膣奥にある歩夢の敏感なポイントに食い込んでいて、彼女もずっとよがり泣いている。

（なんでも言える仲だとは聞いてたけど、並んでセックスするのも平気なんだな……）

肉棒と指で二人の美女を喘がせながら、当たり前のように隣り合って身悶える二人を不思議に見ていた。

羞恥心が薄いというわけでもない感じだったから、それだけ気を許しあっているのだろう。

（美冴ちゃんと晴那さんも……いや、晴那さんとしてるのまでばれたら間違いなく）

さっきの美冴の殺すという声が頭の中でリピートされた。

余計な考えは捨てて目の前の二人に恭平は集中する。

「あっ、ああっ、恭平さん、ああん、すごくいいです」

自ら両膝を持って引き寄せ、長い両脚をM字に開いた明日香は美乳を揺らしてずっとお腹のあたりを震わせている。

整った顔も快感に崩れ落ち、切れ長の凜々しい瞳も溶け落ちていた。

「あっ、あああん、私、もうイキます、ああん、でもイッたら、私」

Gスポットを突かれて絶頂に上りつめたらどうなるか、明日香自身もよくわかっているようで、彼女は唇を嚙んでなにかを堪えている。

「いいよ、俺にかかってもいいから、出しなよ」

恭平はさらに角度をつけ、怒張を斜め上に向けて突き上げた。

「はいいい、あああん、強い、ああん、もうだめ、明日香、イキます、くううう」

膣の天井に下から亀頭が食い込むと、明日香は大きく背中をのけぞらせて、引き締まったボディを震わせた。

「イクううううう」

うっすらと腹筋が浮かんだ腹部がビクビクと痙攣を起こし、それが明日香の全身に広がる。

そして、肉棒食い込む膣口の上の尿道口から激しい水流が吹き上がった。

「ああん、出てます、ああん、明日香、はしたないことしてます、ああん」

潮吹きは一度で終わるはずもなく、恭平の股間に向けて何度も発射される。

そのたびに明日香は羞恥に震えながらもマゾの悦楽に瞳を輝かせ、快感に堕《お》ちていくのだ。

「あ……あふ……ああっ」

やがて性液の放出が終わると、明日香はがっくりとその身を床に横たえた。

「今度は歩夢ちゃん、いくよ」

恭平は明日香の中から逸物を抜くと、愛液にまみれた亀頭を隣で尻を突き出す歩夢に押し込んでいく。

「はああん、固くて大きいのがきてる、ああん、すごい、ああっ」

愛液がまとわりついて輝くピンク色の媚肉に怒張が沈み始めると、露天風呂に艶のある絶叫が響き渡った。

その声はあまりに激しく、晴那がいる隣室どころか旅館中に聞こえてしまいそうだ。

「ああん、ああっ、いい、恭平さんのおチ×チン、すごくいいい」

床に突っ伏して巨尻を後ろに出した歩夢は、周りなどお構いなしに大声でよがり続けている。

ピストンを開始すると、さらに腰をくねらせて快感を甘受し始めた。

（それにしてもきつい……）

明日香といい、この歩夢といい、鍛えているせいか媚肉の締めつけもすごい。

それを同時に二人相手にして射精もできないのは、たまらなく辛かった。

(早めにイカせないと)

自分の意志には関係なく射精してしまうと、恭平は歩夢の奥の天井部分、今の体位だと子宮口の下側に怒張を食い込ませた。

「あっ、そこは、ああん、恭平さん、私、ああっ、おかしくなる」

斜めに上に掲げた桃尻をくねらせて、歩夢は一際大きなよがり声を上げた。

ちょうど逸物の先端が、彼女の一番感じる場所に食い込んだのだ。

「ああっ、すごい、ああん、死んじゃう、ああん、ああっ」

白い背中を震わせ、歩夢は喘ぎまくる。

同時に媚肉が強く恭平を食い絞めてきて、背骨まで快感が突き抜け、恭平はもう射精寸前になった。

「あっ、はあああん、もうだめ、歩夢もイキます、ああん」

ずっと指責めを続けていたおかげか、歩夢のほうが先に限界を迎えてくれた。

肘をついて上体を少し起こした歩夢は恭平の股間にヒップを押しつけて、肉棒を深く貪ろうとする。

「ひあああっ、もうイク、イッ、ちゃう、ああん、ああっ」

上体の下で巨大な乳房をブルブルと揺らし、歩夢は歯を食いしばった。

「イクうううう」

肉感的な身体が断続的に引きつけを起こし、そして、床に崩れ落ちた。

「はあはあ、なんとか耐えた」

ぐったりする明日香と歩夢を見下ろして、恭平はほっと息を吐いた。


「ちゃんと我慢したよ、美冴ちゃん……」

軽くシャワーで汗を流した恭平は美冴のいる部屋の中に戻ってきた。

「知ってるわよ、声、まる聞こえだし」

肩から布団をかぶった美冴は、両脚を抱えて拗ねていた。

「美冴ちゃんがしてもいいって言ったんだろ」

体育座りの美冴の横に胡座《あぐら》をかいて、恭平はぼやいた。

自分がどんな思いで射精を耐えていたか、女の美冴にはわからない。

「そうよ、でもヤキモチくらい妬くもん」

美冴は肩の上の布団を払いのけて、恭平に抱きついてきた。

「うぷ」

裸になっていた美冴にしがみつかれ、恭平は張りのあるGカップに顔を埋める形になった。

「私にもちゃんとしてよね、恭平」

たわわな乳房に挟まれて苦しむ恭平に美冴が囁いてきた。

「ちょっ、ちょっと休憩するとか……」

射精をしていないから肉棒は勃《た》ったままだが、もう腰に力が入らないのだ。

「だめ……最後は私の中でイッてっ、恭平……」

美冴は恭平の首をしっかりと抱きしめたまま、屹立する肉棒の上に跨がってきた。

「そんな……いきなり入らないよ」

止めようとする恭平だが美冴はお構いなしに、ムチムチのヒップを降ろしてくる。

「大丈夫だと思う……私、あっ」

肉棒が膣口に触れただけで美冴は甘い声を上げてのけぞる。

入口にはおびただしい量の愛液が溢れかえっていて、侵入を開始した亀頭に早速絡み突いてくる媚肉は熱く溶けていた。

「どうしたの美冴ちゃん、もうドロドロじゃん」

拗ねていたはずの彼女の肉体が情欲に昂ぶりきっていることにびっくりして、恭平は甘い息を漏らす美冴を見上げた。

「だって……あぁっ……二人のエッチな声がすごく聞こえてくるんだもん」

自ら腰を沈めて肉棒を飲み込んでいきながら、美冴は切ない目で訴えてきた。

（どこまでいやらしくなっていくんだ、美冴ちゃんは……）

昨夜、歩夢と明日香が美冴の声を聞いて欲望を募《つの》らせていたのと同じように、彼女もまた肉欲を燃やしていたのだ。

昨日まで無垢《むく》だった身体が、あっという間に開花していることに恭平は驚くと同時に、女の身体の深さをまた一つ学んだ思いだった。

「わかった、じゃあたくさん突くから、美冴ちゃんも我慢しないで感じるんだよ」

よく引き締まった美冴の腰に手を添えた恭平は、一気に引き下ろした。

「はああん、奥に、ああん、ああっ」

肉棒が最奥に達し、美冴のポイントである子宮口を深々と抉る。

切羽詰まった声を上げた美冴は、対面座位で向かい合う恭平の肩を強く摑んできた。

「あっ、ああああん、恭平、ああっ、あたってる、ああん」

張りのある巨乳を鞠のように弾ませ、美冴は喘ぎ狂う。

愛液があまりに大量で、下から怒張を突き上げるたびにヌチャヤヌチャヤと淫靡な音が和室に響いた。

「あっ、くううん、ああっ、恭平、好き、大好き」

感極まったように叫んだ美冴は恭平の首にしがみついてきた。

「俺もだっ、美冴ちゃん」

恭平は彼女の気持ちに応えるかのように強く抱きしめ、唇を押しつける。

「んん……んく……んん」

激しく舌を絡ませ、力の限りに唇を吸いあう。

上も下も繋がりあい、肉体同士が溶け合っていく感じがした。

「んん……ぷは……ああん、恭平、私、もうイクわ、ああん」

長い間互いの唇を貪りあったあと、美冴が限界を告げて喘ぐ。

「ううっ、俺もだよ、美冴ちゃん、もう出るよ」

歩夢と明日香を相手にしていたときから限界を迎えていた肉棒が、美冴の媚肉の絡みつきに耐えられるはずもなく、今にも精子が飛び出しそうな状態だった。

「ああん、来て恭平、私の中に思いっきり出して、ああん、もうイクっ」

恭平の膝の上で大きく開いた両脚を激しく痙攣させて、美冴は唇を割った。

「イクうううううう」

同時に強烈な発作が来たのか、しなやかな身体が激しく痙攣し、二つの巨乳が千切れるかと思うほど躍った。

「俺も、くうう……出るぞ、ううっ」

彼女の腰を強く抱きしめ、恭平も精を放つ。

肉棒の先端から勢いよく精液が飛び出していき、膣奥に打ち込まれていった。

「ああん、入ってきた、私の子宮まで恭平のものになってるよう」

蕩けきった顔を向けて美冴が、切ない声で呟いた。

「そうだよ、美冴ちゃんの子宮は俺の精子で染まってるんだ、ううっ、まだ出る」

「ああん、きて、美冴のお腹の中を恭平の精液でいっぱいにしてええ」

二人は強く抱きしめあい、いつまでも身体を震わせ続けた。


温泉から帰ってくるとまたいつもの練習に明け暮れる日々が始まった。

明日香も歩夢も前以上に厳しいトレーニングに励み、記録もさらに伸びてきていて、この先が楽しみだ。

しかも昨日、インターハイで上位入賞した自由形の高校生選手が美冴に教えを請いたいと見学にきていた。

明日香たちが卒業したら廃部になるかと思われたN女子大水泳部にも、少し光が差してきたように思えた。

「はい、三十秒休憩してすぐにあと五本」

今日もジャージ姿で美冴は二人の選手に檄《げき》を飛ばしている。

いつものように化粧気のない彼女だが、最近、身体つきや表情が丸くなり、色香を増している。

それは毎日、恭平の家のほうに寝泊まりし、お互いを求め合っているせいかもしれなかった。

「お邪魔するわよ」

がんばる三人を見つめている恭平の後ろから、聞き覚えのあるきつめの声がした。

「り、理事長……どうしたんですか」

しばらくぶりに見るスーツ姿の美熟女の迫力に、恭平はつい背筋を伸ばした。

「どうしたんですかって、私がわざわざプールにまでくる用事は一つでしょ」

にやりと笑った香奈子は恭平に寄り添ってきた。

「ちょっとなにしてんのよ、離れなさい」

少し離れた場所にいる美冴がこれに気がつかないはずがなく、声を張り上げて駆け寄ってきた。

「恭平は私の婚約者なんだから、勝手に触らないでくれる」

美冴は恭平の腕を引っ張って自分のほうに奪い返すと、左手の薬指を香奈子に見せつけた。

まだ結婚の日取りなどは決まっていないが、恭平の両親にも報告し指輪を贈っていた。

「へー、それはおめでとう。でも婚約だろうが結婚だろうが、ここのレンタルくらいは問題ないでしょ」

香奈子は平気な顔で言って、恭平の股間を撫でてきた。

「だめに決まってるでしょ。だいたいそれが教育者の言う言葉なの」

「あんたに教育のことなんか語られたくないわよ。婚約っていっても結婚までたどり着けるかどうかわからないくせに」

「なんですって」

ヒートアップした美熟女と美女がつかみ合い寸前になった。

「やっ、やめなよ」

嫌な予感がしながらも、恭平は二人の間に割って入ろうとする。

「邪魔っ」

美冴と香奈子は睨み合ったまま、恭平を突き飛ばした。

「うわあああ」

見事にバランスを崩した恭平はプールに向かってダイブした。


（了）

※本書は二〇一五年九月に刊行された竹書房ラブロマン文庫『まさぐりマッサージ』の新装版です。

※本作品はフィクションです。作品内に登場する団体、
人物、地域等は実在のものとは関係ありません。

長編官能小説

まさぐりマッサージ

〈新装版〉

2024年7月1日　初版第一刷発行

著者……………………………………………………美野 晶

カバーデザイン………………………………小林こうじ

発行所…………………………………株式会社竹書房
〒102-0075　東京都千代田区三番町8－1
三番町東急ビル6F
email：info@takeshobo.co.jp
https://www.takeshobo.co.jp

印刷所……………………………中央精版印刷株式会社